不做告别

작별하지 않는다

[韩] 韩江 著

卢鸿金 译

九州出版社
JIUZHOUPRESS

图书在版编目（CIP）数据

不做告别/（韩）韩江著；卢鸿金译. -- 北京：九州出版社，2023.9
 ISBN 978-7-5225-1895-4

Ⅰ. ①不… Ⅱ. ①韩… ②卢… Ⅲ. ①长篇小说－韩国－现代 Ⅳ. ① I312.645

中国国家版本馆CIP数据核字（2023）第102027号

작별하지 않는다 (I DO NOT BID FAREWELL) by Han Kang
Copyright © Han Kang 2021
This edition arranged with ROGERS, COLERIDGE&WHITE LTD (RCW)
through Big Apple Agency, Inc., Labuan, Malaysia.
Simplified Chinese edition copyright: 2023 by Beijing Xiron Culture Group Co.,Ltd.
All rights reserved.

版权登记号：图进字 01-2023-3061

不做告别

作　　者	（韩）韩江 著　卢鸿金 译
责任编辑	周红斌
出版发行	九州出版社
地　　址	北京市西城区阜外大街甲35号（100037）
发行电话	（010）68992190/2/3/5/6
网　　址	www.jiuzhoupress.com
印　　刷	北京世纪恒宇印刷有限公司
开　　本	880毫米×1230毫米　32开
印　　张	9
字　　数	136千字
版　　次	2023年11月第1版
印　　次	2023年11月第1次印刷
书　　号	ISBN 978-7-5225-1895-4
定　　价	58.00元

★版权所有　侵权必究★

目录

第一部　鸟 …001

第二部　夜 …145

第三部　火花 …257

作者的话 …281

第一部

鸟

1

结 晶

天空飘着稀疏的小雪。

我站立的原野尽头与低矮的山相连,从山脊到此处栽种有数千棵黑色圆木。这些树木和各个年龄层的人相同,身高略有不同,粗细就像铁路枕木那样,但是不像枕木一样笔直,而是有些倾斜或弯曲,仿佛数千名男女和瘦弱的孩子们蜷缩着肩膀淋着雪。

这里曾经存在过墓地吗?我想着。

这些树木都是墓碑吗?

雪花如盐的结晶,飘落在黑色树木每个断裂的树梢上,后方有着低斜的坟茔,我在其间行走。让我突然停下脚步的原因是,从某一瞬间开始,我的运动鞋居然踩到吱吱作响的雪水,才觉得奇怪,水就涨到我的脚背上。我回头看了看,不敢相信。原以为是地平线的原野尽头,原来是大海,现在潮水正朝我涌来。

我也不自觉地发出声音问道:

第一部　鸟

为什么在这种地方建造坟墓？

海水涌来的速度逐渐加快，每天都是如此潮起潮落吗？下方的坟墓是不是只剩下坟茔，骨头都被冲走了？

没有时间了，我只能放弃那些已经被水淹没的坟墓，但埋在上方的骨头一定得移走，在涌进更多海水之前，就是现在。但是怎么办？没有其他人啊，我连铲子都没有。这么多坟墓怎么办？我不知如何是好，在黑色树木之间，我踏着不知不觉间已经涨到膝盖的水，开始跑起来。

眼睛一睁开，天还没亮。下着雪的原野、黑色的树木、朝我涌来的海水都不存在，我望着黑暗房间的窗户，闭上眼睛。我再次意识到我又做了关于那个城市的梦，然后用冰冷的手掌遮住双眼，躺下身来。

* * *

我开始做起那个梦是在二〇一四年的夏天，在我出版关于那个城市的居民曾经遭到屠杀的书将近两个月之后。在那之后的四年间，我从未对这个梦的意义感到怀疑。去年夏天，我第一次想到，也许不仅仅是因为那个城市而做起这样的梦，快速而直观的那个结论也许是我的误解，或者只是一种太过单纯的解释。

当时,热带夜现象[1]持续了将近二十天,我总是躺在客厅的故障空调下睡觉。虽然已经洗过几次冷水澡,但汗湿的身体躺在地板上也不会感到凉爽。直到凌晨五点左右才感觉到气温有所下降,三十分钟后,太阳就会升起,这无疑是短暂的恩宠。我当时觉得终于可以睡一会儿了,不,几乎快睡着的时候,那片原野转眼间涌进我紧闭的双眼。飘散在数千棵黑色圆木上的雪花、每株被切断的树梢上堆积如盐般的雪花纤毫毕现。

当时不知道为什么身体会开始颤抖,虽然处于即将要哭出来的那一瞬间,但眼泪并没有流下来,也未曾凝结。这能称为恐怖吗?那是不安、战栗、突然的痛苦吗?不,那是冰冷的觉醒,让人咬牙切齿。就像看不见的巨大刀刃——用人的力量无法举起的沉重铁刃——悬空对准我的身体,我仿佛只能躺卧仰望着它。

当时,我第一次想到,为了卷走坟茔下方的骨头而涌来的那片蔚蓝大海,也许是关于被屠杀的人和之后的时间。也许这只是关于我个人的预言,被海水淹没的坟墓和沉默的墓碑构成的那个地方,也许是提前告诉我以后的生活会如何展开。

也就是现在。

---

[1] 译注:夜间最低气温在二十五摄氏度以上。

* * *

在最初做那个梦的夜晚和那个夏天清晨之间的四年间,我做了几场个人的告别。有些选择虽是出于我的意志,但有些则是未曾想过,即使是付出一切代价也想停下来的事情。如果像在那些古老的信仰中所说的,察看人类的一举一动,并将其记录下来的巨大镜子等东西存在于天庭或阴间的某个地方,那么我过去的四年就像从硬壳中掏出身体、在刀刃上前进的蜗牛一样。想活下来的身体,被刺穿切割的身体,反复被拥抱、甩开的身体,下跪的身体,哀求的身体,不停地流出不知是血、脓水还是眼泪的身体。

在所有的气力都用尽的暮春,我租下了首尔近郊的走道式公寓。我无法相信再也不存在必须照顾的家人和工作往来的事实。长久以来,在我工作维持生计的同时,还一直照顾家人。因为这两件事情是第一顺位,所以我减少睡眠时间写作,暗中希望未来能有尽情写作的时间,但那种渴望已经不复存在。

我无心整理搬家公司随意置放的家具,直到七月来临之前,我大部分时间都躺在床上,但几乎无法入睡。我没做菜,也没有走出大门,只是喝网购的水、吃少量米饭和白泡菜。一旦出现伴随胃痉挛症状的偏头痛,便会把吃下的东西全部吐到马桶里。遗书在某个夜晚已经写好，在以请帮我做几件事情为始的信里，虽然简略地写下哪个抽屉的盒子里有存折、保险单和租房契约，多少钱用于何处，剩下的希望转交给哪些人等，但接受委托的收件人名字却空着，因为我无法确定谁能够让我如此麻烦他。我还补充了感谢和道歉的内容，说要给为我善后的人一些具体的谢礼，但最终还是没能写上收信人的名字。

我终于从一刻也无法入睡但也无法逃脱的床上起身，正是出于对那个未知的收信人的责任感。虽然尚未决定在几位熟人中要拜托谁，但我想着需要整理好剩下的事情，于是开始收拾屋子。我得丢掉厨房里堆积如山的矿泉水空瓶、看着让人头痛的衣服和被子、日记本和记录手册等。双手拿着打包好的垃圾，在时隔两个月之后，我第一次穿上运动鞋，打开玄关门，仿佛是第一次看到的午后阳光洒在西向的走道上。我乘坐电梯下楼，经过警卫室，穿越公寓的广场，我感到自己正在目睹着什么。人类生活的世界、那天的天气、空气中的湿度和重力的感觉。

回家后，我没有再打包堆满客厅的垃圾，径直走进了浴室。我没有脱衣服，打开热水后坐在下方，用蜷缩的脚掌感受瓷砖地面。逐渐让人窒息的水蒸气，湿透而贴在脊背上的棉衬衫，顺着遮盖住眼睛的刘海、下颌、胸前和腹部流下的热水柱的感觉让我记忆深刻。

我走出浴室,脱掉湿衣服,在尚未丢弃的衣服堆里找了件还能穿的穿上。我把两张一万韩元的纸币折了几次后放进口袋,走出玄关。我走到附近地铁站后方的粥店,点了份看起来最柔软的松子粥。在慢慢吃着烫得不得了的东西时,我看到从玻璃门外经过的人们,他们的肉体看起来都脆弱得快要碎掉,那时我切实感受到生命是多么脆弱的存在。那些肌肉、内脏、骨骼和生命是多么容易破碎和断裂,只需一次的选择。

就这样,死亡放过了我,就像原以为会撞击到地球的小行星因细微角度的误差避开一般,以没有反省,也没有犹豫的猛烈速度。

* * *

我虽然没有和人生和解,但终究还是要重新活下去。

我意识到两个多月的隐居和饥饿已经让我损失了一些肌肉。为了避免因为偏头痛、胃痉挛而服用咖啡因含量过高的止痛剂的恶性循环,我必须有规律地吃东西并且活动,但是在尚未正式努力之前,酷暑就开始了。当白天的最高气温首次超过人体的温度时,我曾试着开空调,那是上个房客未来得及搬走的,但空调没有任何反应。好不容易才拨通电话的空调修理工表示，由于气温异常，预约暴增，到八月下旬才能来修理。即使我想买一台新的，也只能等到八月。

不管是哪里，躲进有冷气的地方是最明智的抉择，但是我不想去人员聚集的咖啡厅、图书馆、银行等地方。我所能做的就只有躺在客厅的地板上，尽可能降低体温；经常用冷水淋浴，以免毛孔堵塞而中暑；在街道热浪稍微冷却的晚上八点左右出门，喝了粥以后回家。凉爽的粥店舒适得令人难以置信，由于室内外的气温差异和外面的湿度，就像冬夜一样，起雾的玻璃门外，拿着携带式电风扇回家的人络绎不绝，而我也马上要再次踏进这条似乎永远不会冷却的热带夜街道。

在某一个从粥店走回家的夜晚，我迎着从炙热的柏油车道刮来的热风，站在红绿灯前。我当时想，应该把信继续写下去，不，应该重新写过。用油性签字笔在信封上写下"遗书"二字，收信人始终没能确定的那封遗书，从头开始，以完全不同的方式。

* * *

如果想写，就得回忆。

不知从哪里开始，所有的一切开始破碎。

不知何时出现岔路。

不知哪个缝隙和节点才是临界点。

我们从经验当中知道，有些人离开时，会拿出自己持有的最锋利的刀刃，因为知道距离很近，也为了砍削对方最柔软的部分。

我不想活得像摔倒一半的人，如同你一样。

为了想活下去才离开你。

因为想活得像活着一样。

* * *

二〇一二年冬天，我为了写那本书而阅读资料，正是从那时开始做起噩梦。刚开始梦到的是直接的暴力。我为了躲避空降部队而逃跑时，肩膀被棍棒击打后跌倒在地，军人用脚猛踹我的肋下，我因此被踢翻几圈。现在我已经记不得那个军人的脸，只记得他用双手握住刺刀的枪用力刺向我胸部时带给我的战栗。

为了不要给家人——特别是女儿——带来阴郁的影响，我在距离家约十五分钟的地方租了一间工作室，原本打算只在工作室里进行写作，离开那里后，立刻回到日常的生活中。那是建于二十世纪八十年代、三十多年来几乎没有修缮过的红砖房二楼的一个房间。铁门满是刮痕，于是我买来白色水性油漆重新刷过，因太过老旧而出现裂缝的木头窗框则用图钉钉上围巾，算是窗帘。有课的时候从早上九点到中午，没有课的日子则在那里读资料、做笔记，直到下午五点为止。

像往常一样，我早、晚都做饭和家人一起吃。我努力多和刚上初中、面临新环境的女儿聊天。但正如同身体被分成两半一样，那本书的阴影隐约出现在我所有的生活当中——打开瓦斯炉，等待锅里的水烧开的时候，甚至将豆腐切片蘸上蛋液后放在平底锅上、等候两面都变得焦黄的短暂时间里。

去往工作室的道路位于河边，在茂密的树木之间行走，有一段向下倾斜后，突然出现豁然开朗的区间。在那段开放的道路上步行三百米左右才能到达作为溜冰场使用的桥下空地。我总觉得那段让我毫无防备、暴露我身体位置的道路太长。因为在单行道对面建筑的屋顶上，狙击手似乎正瞄准人群。我当然知道这种不安非常不像话。

睡眠质量越来越差，呼吸越来越短促——为什么那样呼吸呢？孩子有一天向我抱怨——那是二〇一三年的暮春。凌晨一点，我被噩梦惊醒，睡意全消，只得放弃再次入睡的念头。因为想买矿泉水而出门。街道上没有人、车，我独自等待着毫无意义的红绿灯变成绿色。我望着公寓前车道对面的二十四小时便利商店。突然回过神来时，看到对面的人行道上大约有三十个男人正排队无声地走着。那些留着长发、身穿后备军人军服的男人肩膀上背负着步枪，以完全感受不到军纪的散漫姿势，就像跟随郊游队伍前行的疲惫孩子们一样缓慢走着。

如果长时间没能睡好觉、正经历分不清噩梦或现实的人被融入难以置信的场景时，他的第一个反应可能是对自己产生怀疑。我真的在注视吗？这个瞬间是不是噩梦的一部分？我的感觉有多可靠？

我一动也不动地看着他们被寂静包围的背影完全消失在黑暗的十字路口，仿佛有人按下静音键。这不是梦境，我一点儿也不困，一滴酒都没喝，但在那一瞬间，我也无法相信我看到的东西。我想到他们也许是在牛眠山对面内谷洞的后备军人训练场接受训练的人，此刻可能正在进行深夜行军。那么他们应该越过漆黑的山，走十几千米的路程，直到凌晨一点。我不知道这种训练对后备军人来说是否可能。第二天早上，原本想给周边服完兵役的人打电话询问，但因为不希望我看起来像奇怪的人——连自己都觉得很奇怪——到现在为止，都没能向任何人开口。

* * *

我和一些不认识的女人一起拉着她们孩子的手,互相帮助,顺着水井内侧的墙壁爬下去。原以为下面会很安全,但突然有数十发子弹从井口倾泻而下。女人们用力抱住孩子,掩藏在自己的怀里。在原以为干涸的井底,突然涌上如同融化的橡胶一样的黏稠汁液,为了吞噬我们的血液和惨叫。

* * *

我和记不清面孔的一行人走在废弃的道路上。看到停在路边的一辆黑色轿车时,有人说,他坐在那里面。虽然没有说出名字,但大家都正确理解了那句话的含意。当年春天下令屠杀的人就在那里。就在我们停下来观望的时候,轿车出发,进入了附近巨大的石造建筑物里。我们中间有人说"走吧",我们便朝那边走去。分明是几个人一起出发的,但在走进空旷的建筑物时,包括我在内只有两个人。一个我记不清面孔的人静默地跟在我身边,我能感觉到那是个男人,他因为不知道怎么办才好,只能跟着我走。只有两个人,我们还能做什么?昏暗大厅尽头的房间透出灯光,我们进入那里时,杀人凶手背靠墙站着,拿着一根点燃的火柴。我突然意识到,我和另外那人的手里也拿着火柴。只有在这根火柴点燃的时候才能说话,虽然没有人告诉我们,但我们知道这是规则。杀人凶手的火柴已经燃烧殆尽,大拇指快要接触到火苗了。我和那人的火柴还在燃烧,但正快速燃尽。杀人凶手,我认为应该这么说,我开口说道:

杀人凶手。

没有发出声音。

杀人凶手。

应该说得更大声一点儿。

……你要怎么办,你杀了的人?

我用尽全身的力气,突然想起要接续的话。现在就要杀了他吗?这对所有人来说是最后的机会吗?但是要怎么杀他?我们怎么可能杀得了他?我转头看向旁边,同伴的面孔和呼吸声都极为模糊,微弱的火苗发出橙色的火花后正在熄灭。我从那微光中清晰地感受到,那根火柴的主人非常年轻,只是个身高略高的少年。

* * *

在完成书稿的隔年一月,我去了一趟出版社,目的是拜托他们尽快出版。我当时愚蠢地认为,只要书出版了,就不会再做噩梦了。编辑则说在五月出版的话，对销售更加有利。

配合时间出版，多一个人读不是更好吗？

我被这句话说服了。在等待期间，我重新写了一章，后来反而是在编辑的催促下于四月交出了最终书稿。书几乎准确地在五月中旬出版，但噩梦此后还是一直持续着。现在我反而感到惊讶，我既然下定决心要写屠杀和拷问的内容，但怎么能盼望总有一天能摆脱痛苦，能与所有的痕迹轻易告别？我怎么会那么天真——厚颜——呢？

* * *

我在第一次梦见那些黑色树木的夜晚，惊醒后冰冷的手掌覆盖在双眼上。

醒来后，梦境似乎仍在某个场景持续，那个梦就是如此。吃饭、喝茶、坐公共汽车、牵着孩子的手散步、整理旅行的行李、踩着地铁站永无止境的阶梯走上彼端。那个从未去过的原野下着雪，树梢被砍断的黑色树木上挂着耀眼的六角形结晶。脚背被水淹没的我惊吓得回头看望，大海，大海从那里涌上来。

我惦记着不断浮现在脑海中的那些场景，想起了当年秋天。那时应该可以找到合适的地方种植圆木吧？如果在现实中不可能实现栽种数千棵树的理想,那是不是可以种下九十九棵——无限的数字——和十几个志同道合的人一起照顾树木呢?用心的程度就像给树木穿上以深夜织成的衣服一样,永远不让睡眠破裂。当所有事情结束后,是不是可以等待如白布一样的雪花代替大海从天而降,将它们完全覆盖?

我向曾经从事摄像工作的朋友提议,将这个过程拍摄成纪录短片,她欣然同意。虽然约定好一起实现,但两人的日程并不吻合,就这样过了四年。

* * *

还有在那酷热的夜晚,顶着柏油路的热浪,走回空荡的房子,用凉水洗澡的我。因为每天晚上楼上、楼下、隔壁都开空调,如果不想让室外机吐出的热风吹进屋内,就必须关紧阳台的门和窗户。在形如密室的温暖的客厅里,我坐在书桌前,在刚刚才淋浴的冷水凉意消失之前,我把放在那里还没有确定收件人的遗书撕掉,连同信封。

从头开始写。

这总是正确的咒语。

我从头开始写起。不到五分钟,开始汗如雨下,我又用冷水冲完澡后回到书桌前,把刚才写得不像话的东西再次撕掉。

从头开始写。

真正的告别宣言，令我满意的。

去年夏天，就像掉进杯子里的方糖一样，我个人的生活开始破碎，在之后的真正告别还只不过是前兆的时期，我写了一本题为《告别》的小说。在雨雪中融化后消失的雪——是女人的故事，但那绝不是最后的告别。

因着额头上流下的汗水，导致眼睛发辣、无法继续下去时，我总会用冷水冲洗身体。回到书桌，把刚才写的东西再次撕掉。如此反复之后，我留下仍然需要从头开始写起的信，拖着黏黏的身体躺在客厅的地板上时，日出前的东方泛起一片青色。就像蒙受恩宠一样，我感觉到气温有所下降，感觉似乎可以闭上一会儿眼睛，感觉真的快睡着的时候，那片原野就下起雪来。数十年，不，似乎数百年从不曾停止降下的雪。

* * *

还算安然无恙。

在巨大而沉重的刀子似乎在虚空中对准我的战栗中，我睁大眼睛，心想绝不逃出那片原野。

从倾斜的棱线种植到山顶的树木上端安然无恙，那些树木后方的坟墓也安然无恙，因为海水不可能涨到那里。埋在那底下的数百人的白骨干净完好，因为海水无法将坟墓冲走。根部干燥、完好的黑色树木顶着下了数十年，不，数百年的风雪站立在那里。

那时我才知道。

一定要背着即将被海浪卷走的那下方的骨头离开。越过涨到膝盖的海水行走，尽早爬上棱线，绝对不要等待、不要相信任何人的帮助、不要犹豫，一直走到山顶，直到看见镶嵌在最高处树木上的碎裂白色结晶为止。

因为没有时间。

因为除此之外，别无他路。

因为如果希望生命继续的话。

2
线

可是依然无法深深入眠。

依然无法好好进食。

依然呼吸短促。

依然以离开我的人无法承受的方式活着,依然。

整个世界以压倒性的音量不断搭话的夏天似乎过去了。我再也不需要在每个瞬间流汗,再也不需要全身放松躺在客厅的地板上,再也不需要为了不中暑而无数次用凉水冲澡。

世界和我之间产生了萧瑟的界限。我找出长袖衬衫和牛仔裤穿上,顺着不再吹来蒸汽般热风的道路走向餐厅。我仍然不能做饭,一天也只能吃一顿饭,因为我无法承受为谁做饭、一起用餐的记忆。但是规则再次回返,我虽然依旧不与人见面、不接电话,但再次定期检查邮件并确认信息。每天清晨都坐在书桌前写信,那封每次重新写起、写给所有人的告别信。

夜晚逐渐变长，气温持续下降。搬家后第一次走进公寓后方步道的十一月上旬，高大的枫树被染成火红，在阳光下闪耀不已。虽然美丽，但我内心能够感受到那美感的电极可能已经死亡或是几乎中断。某天清晨，半冻的地面上结了初霜，运动鞋鞋底踩在上面发出碎裂的声音。和孩子面孔一样大的落叶在狂风中翻飞，突然变得光秃秃的梧桐树干就像树名[1]一样，斑白的树皮看来好像被恣意剥开。

* * *

接到仁善短信的十二月下旬那天清晨，我正走出那条步道。气温在零度以下的天气已经持续了将近一个月，任何阔叶树种的树木上已经不存在任何叶子。

"庆荷啊！"

仁善发来的短信里，只出现我简短的名字。

大学毕业那年，我第一次见到仁善。当时我工作的杂志社没有专门的摄影记者，编辑、记者大多自己直接拍摄照片，但在进行重要采访或旅行报道时，他们会和各自找到的摄影师结伴同行。由于最长要一起旅行四天三夜，前辈们建议同性会比

---

[1] 梧桐树的韩文名称为버즘나무，버즘是버짐的江原、济州方言，意为干癣。

较方便，于是我拜访了摄影企划公司，他们介绍了与我同龄的仁善。此后三年期间，我们每个月都会一起出差。辞职后，我也把她当作结交了二十年的朋友，因此对她的习惯非常清楚。像这样先叫我的名字，绝对不是问候，而是发生了具体而急迫的事情。

"嗯，什么事？"

我摘掉毛线手套回复短信后，等待了一会儿。因为没有立刻收到答复，在我正重新戴上手套的时候收到她的回音。

"现在能来吗？"

仁善不住在首尔，她没有兄弟姐妹，母亲在四十多岁的时候才生下她，因此她很早就经历了母亲年老患病的磨难。八年前，她回到济州山中的村落照顾母亲，四年后母亲便去世了，此后她独自一人住在那个房子里。在那之前，仁善和我随时在彼此的家里见面，一起做饭、聊天，但随着生活的地方越来越远，在经历各自曲折的过程中，见面的间隔也逐渐变长。后来，甚至有一两年没见到她。我最后一次去济州是在去年秋天，在那个仅把厕所简易改造成可在室内使用的木屋里，我足足待了四天，其间，她向我介绍了一对两年前从市场买来饲养的白鹦鹉——其中一只会说一些简单的话——她也带我去院子对面，她一天大部分时间都在那里度过的木工房。她让我看了用整棵木桩削成的无缝椅子——一定要坐下来看看有多舒服——她真挚地跟我说，她还说其实自己也无法理解为何这种椅子卖得不错，但对她的生计有所助益。她把桑葚和覆盆子放在水壶里，用烧木头的火炉煮茶，那是去年夏天她在屋子上方的树林里摘下，并冰冻保存下来的。茶水酸而无味，在我一边喝着茶一边抱怨其味道的时候，她穿着牛仔裤和工作鞋，束紧头发，像纪录片中的木匠一样，耳朵上夹着铅笔，用三角尺量着木板画出切割线。

应该不是让我现在去那个济州的家。我发出"你在哪儿？"的短信时，仁善的留言刚好也传来。上面写着以前没听过的医院名字，然后又问我和刚才一样的问题。

"现在能来吗？"

接着又发来短信。

"你得带身份证。"

要回家吗？我想了一下。虽然穿的是比我的身体大两号的长款羽绒服，但衣服还算干净。口袋里的钱包装有可以提取现金的信用卡和身份证。在向出租车停靠站所在的地铁站方向走了一半左右时，一辆空出租车驶向我，我招了招手。

* * *

最先映入眼帘的是沾着灰尘、印有"全国第一"黑字的横幅广告。我付了出租车费后,朝着医院入口走去。我心想,说是国内最好的缝合手术专科医院,但为什么对我来说医院的名字如此陌生?通过旋转门,进入装修陈旧、昏暗的大厅后,我看到墙壁上贴着手指和脚趾各被切断一根的手、脚照片。强忍着想避开的视线凝视了一会儿,因为记忆可能比实际更可怕,所以想正确地记住,但是我的想法错了,那些照片让我越看越痛苦。我慢慢把视线投向照片的右侧,那里并排贴有手指和脚趾缝合在一起的照片,以清晰的手术疤痕为界,皮肤的颜色和质感都不一样。

仁善在这家医院里,这说明她在木工房里发生了这类事故。

有些人能改变自己的生活,做出其他人很难想到的选择,之后尽最大努力对结果负责,因此这些人不管以后走什么样的路,周围的人都不会感到惊讶。在大学专攻摄影的仁善从二十多岁起,开始对纪录片投以关注,十年间一直坚持做那些对生计没有帮助的事情。当然,能赚一点儿钱的拍摄工作她从不拒绝,但只要一有收入,就得将资金投进自己的工作里,所以她一直都很贫穷。她吃得很少,非常节俭,又做很多工作。她无论到何处都准备简单的便当,完全不化妆,对着镜子用剪刀剪头发。在较为单薄的外套和大衣内层加缝羊毛衫,穿起来比较暖和。神奇的是,这些事情看起来好像是故意那么做的似的,非常自然、好看。

仁善每两年完成一部自己制作的短篇电影，首次获得好评的是在越南丛林的村庄里采访被韩国军人强暴的幸存者的记录。那部纪录片几乎让人感觉大自然是该片的主角，凭借着阳光和苍郁热带树林形象压制一切的力量，仁善获得了私立文化财团对制作下一部纪录片的资助。这部片子讲述的是二十世纪四十年代在中国东北反抗日本帝国主义的老奶奶患上阿尔茨海默病的日常生活。我非常喜欢片中这位在女儿的搀扶下、在室内也得拄着拐杖走路的老人空荡的眼神与沉默，以及平野无止境的冬日森林在寂静中交会的场景。所有人都预料她接下来的电影也会是见证历史的女性证言，但出人意料的是，仁善采访了她——只露出影子、膝盖和手，阴影中的灰色女人形体，缓缓说着话。如果不是身边熟悉她声音的人，一定连被采访的人是谁都不知道。一九四八年济州的黑白影像记录只是短暂插入，叙事中断，话语之间的沉默、阴暗的灰墙和光斑在电影放映期间消失后再次出现，让期待如同之前的电影一样感人的观众感到困惑和失望。与评价无关，仁善原本计划将这三部短片连接起来，制作第一部长篇电影，命名为《三面花》，但不知为何，这个计划中途被迫放弃，她转而报考了公费的木匠学校，并且被录取了。

我知道在那之前，仁善就喜欢进出邻居家附近的木工房。

每当工作出现空当,她就会在那里待上几天,锯开木材、磨造木板,直接制作自己要用的家具,对此我感到不可思议,但我无法相信她真的放弃拍摄电影,成为木匠。在一年课程的木匠学校结业之前,她说为了照顾母亲,要回济州岛长住的时候也是一样。我想她会在故乡待上一段时间,然后再回来从事电影工作。出乎我的预料,仁善一回济州就改造院子里的橘子仓库,开始制作家具。当母亲的意识变得模糊,几乎一刻也不能独自待着的时候,她在内屋的檐廊设置了小型工作台,用木刨、凿子制作菜板、托盘、汤匙和勺子等小木器。母亲去世后,她开始整顿满是灰尘的工作室,重新制作大型家具。

仁善的骨架比较纤细,我从二十多岁开始就看到身高超过一百七十厘米的她熟练地搬运摄影设备,虽然对于她成为木匠感到惊讶,但看起来并不危险。唯一令我担忧的是她经常因为从事木工而受伤。在她母亲过世不久,她的牛仔裤被卷入电砂轮,从膝盖到大腿处留下了近三十厘米的伤疤——她笑着说,无论怎么用力,都无法将裤子拔出来,电砂轮一直发出巨响、不停转动,真的像怪物一样。两年前因想挡住装载的圆木堆倒塌,而造成左手食指骨折,韧带断裂,接受了半年的康复治疗。

这次应该不只是那种程度,而是什么东西被切断了。

原想在服务台询问仁善的病房号码,但一对看似失魂落魄的年轻夫妇抱着手上缠着绷带的四五岁孩子哭泣着进行咨询。我没能立刻走向那里，而是半蹲在大厅中，转过身去看了看旋转门外。还没到中午，但天色阴暗，好像傍晚一般。天空仿佛立刻就要倾泻下雪花，医院对面的水泥建筑物在冰冷、潮湿的空气中蜷缩着坚硬的身躯。

　　我想应该要去取一些现金。走向大厅角落的自动取款机时，我想到我的身份证有什么用处。因为是分秒必争的手术，在没有监护人同意的情况下进行手术，现在是不是需要能负责手术费和住院费的人呢？因为仁善没有父母、兄弟，也没有配偶。

* * *

　　"仁善啊！"

　　我叫她时，她躺在六人室最里面的病床上，焦急地凝视着我刚才走进来的玻璃门后方，现在她等候的人不是我。也许是急需护士或医生等人的帮助，突然好像清醒了一样，仁善认出了我。她的大眼睛睁得更大，闪闪发光，很快就变得像月牙一样细，眼角留有细纹。

　　"你来了？"

　　她用口型说道。

"怎么回事？"

走到仁善的病床前，我问道。她宽松的病号服上露出瘦削的锁骨。可能是因为浮肿，面孔看起来反而没有去年见面时那么瘦。

被电锯切断了。

仿佛不是手指，而像是脖子受伤的人一样，仁善没有发出声音，低声细语。

"什么时候？"

"前天早晨。"

她慢慢向我伸手问道：

"要不要看？"

出乎意料的是，她的手并没有完全包在绷带里。被切断后缝合的食指和中指第一节露在绷带之外。此外还夹杂着似乎流了没多久的鲜红色血液和氧化变黑的血液，覆盖着手术的痕迹。

我瑟缩的眼眶不自觉地颤抖。

"第一次看到吧？"

我不知道应该怎么回答，我盯着她看。

"我也是第一次看到。"

她隐约地微笑着，脸色苍白，也许是因为流了很多血。她最大限度地不使用喉咙，而是像说悄悄话一样低声细语，可能是因为说话时的振动会让她感到疼痛。

"刚开始以为只是被割得很深。"

为了听清楚她的话，我向她弯下腰，立刻闻到淡淡的血腥味。

"但是过了不久，痛得让我无法置信。好不容易脱掉残破的手套，发现里面有两节手指。"

要想听清楚她低声说出的话，就必须观察她那开合的口型。失去血色的嘴唇近乎紫色。

"血液喷出来就是在那一瞬间，我突然想到要止血，但之后就想不起来了。"

仁善脸上浮现自责的表情。

"使用电动工具的时候，无论双手再怎么冰冷也不能戴手套，这完全是我的失误。"

听到病房玻璃门打开的声音，仁善转过头来。她从刚才就开始等待的人来了，从她突然松了一口气的表情就可以知道。一个六十岁出头、留着短发、围着棕色围裙的女人朝我们走来。

"是我的朋友。"

依然是低语，仁善向女人介绍了我。

"这位是看护我的人，和另一位轮流照顾我，她是白班。"

这位面容温和的看护笑着向我打招呼。她用刺鼻的泵式酒精消毒剂仔细消毒双手后,将放在床边柜子上的铝箱拿过来放在自己的膝盖上。

"几乎像是奇迹一样,跟我关系很好的山下村落老奶奶正好有事要去济州医院,儿子准备开车送她去。"

在仁善继续之前暂时停止说明期间,随着"咔嗒"的声音,看护打开了铝箱。里面整齐地装着两对尺寸不同的针头、消毒用酒精、带有灭菌棉花的塑胶盒和镊子。

"他是开卡车运送大件快递的司机,奶奶说要送给我一箱橘子,所以一起去了我家。当时木工房里开着灯却没有人回答,他觉得怪怪的,走进来之后看到我昏倒在地上。因为流太多血,所以先止血,然后把我放进卡车的后车厢,送到济州医院。我的两节手指就装在手套里,由奶奶拿着。岛上没有能做缝合手术的医生,所以坐上最快一班飞往首尔的飞机……"

仁善的低语中断,因为看护把一根针消毒后,毫不犹豫地刺向仁善血液尚未凝固的食指缝合部位。仁善的手和嘴唇同时颤抖,我看到看护用酒精棉球消毒第二根针,像刚才一样刺入仁善的中指。看护将两根针重新消毒后放入箱子里,这时仁善才松开嘴唇。

医生说手术很成功。

虽然仍在低声细语,但不知是不是为了忍住疼痛而用力,偶尔会有细细的浊音从字词之间漏出来。

"从现在开始,最重要的是不能让出血停止。"

由于她尽全力低声说话,从病房门口的电视里传出的新闻主播的声音令人难以忍受。

"说是缝合部位不能结痂,要继续出血,我必须感受到疼痛,否则被切除的神经上方就会彻底死掉。"

我呆呆地反问:

"……神经死掉的话会怎样?"

仁善的脸突然变得像孩子一样明朗,差点儿就笑了出来。

"嗯,会烂掉吧?手术部位的上一节指段。"

她那圆圆的眼睛似乎在反问,那不是理所当然的吗?我还是呆呆地望着她。

为了不烂掉,每三分钟像这样扎一次针,看护二十四小时在我身边。

"三分钟一次?"

我像是一个只会重复她说的话的人一样反问。

"那怎么睡觉?"

"我就这样躺着,晚上过来的看护一边打着盹儿,一边用针扎我。"

"这得持续多久?"

"三个星期左右。"

我有些气愤,目不转睛地看着她随鲜血流下而更加肿胀的手指。因为不想再看,在抬头的瞬间与仁善的眼神相对。

"很可怕吧?"

"不。"我回答道。

"我看着也觉得可怕。"

"不是的,仁善啊。"

我第二次说谎。

"其实我想放弃,庆荷。"

她没有说谎。

"医疗人员认为我当然不会放弃,尤其是右手食指对每个人来说都很重要。"

仁善发黑的眼皮下,目光闪闪发亮。

"但是如果从一开始就彻底放弃的话,在济州医院缝上截肢的部位就能简单结束了。"

我摇了摇头。

"你是必须操控摄像机的人,就算是想按下快门,也绝对需要那根手指。"

"你说得对,而且即使现在放弃,也会一辈子感到手指的疼痛,所以医生不建议。"

那时我知道了仁善真的在认真考虑是否要放弃。每三分钟被刺一次那个部位的时候,她应该都会兴起这个念头,所以询问了医疗人员,现在干脆放弃不行吗?为了回答这个问题,医生可能说明了关于幻肢痛的情况。虽然现在保留手指的疼痛更加强烈,但如果放弃手指,疼痛将会无可奈何地持续一辈子。

"居然要三周,太长了。"

我不知道那些话是否能成为安慰,只能自言自语。

"看护费用也应该会花费不少吧?"

"是啊,因为保险不给付,所以有家人的病人不会请看护。家人一直要这样扎的话,当然很辛苦,但是如果想要节省费用,那也没有办法。"

那一瞬间,我甚至心想幸亏我不是仁善的家人,不需要用我的手每三分钟在她的手指上扎进那些针。接下来我想到她要如何支付看护的费用。据我所知,仁善在照顾母亲的四年里,把首尔租房的全税[1]押金都用光了。虽然经由贩卖亲手制作的木制家具和小木器可以维持自己的生计,但似乎没有存下应对这种事故的大笔资金。"现在只剩下我一个人了,有什么可担心的?"我曾经问及她的经济情况,仁善如此回答,"存款为负的情况只是偶尔出现,大致上都还有点儿钱,偶尔钱还蛮多的……就这样吧,还过得去。"

---

[1] 又称传贳,是一次性缴纳足量保证金,不付月租的租房形式。

* * *

"现在那个,是雪吗?"

听到仁善的话,我吓了一跳,回头看了看。

从病房看向道路方向的窗外飘散着稀疏的雪花。看着像白线一样的雪花划过空中好一阵子之后,我环顾了一下病房,似乎已经习惯了疼痛和忍耐,面孔空虚的病患和家属都沉默地望着窗外。

我看着紧闭嘴唇、望着窗外的仁善侧面。她虽然不是特别美的女人,但有些人却觉得她很美,也许是因为她拥有聪慧的双眼,但我一直认为是因为她的性格。她从不随便说话,也从未陷入无力和混乱中,从来没有浪费生命的态度。有时候会觉得只要跟仁善短暂交谈,那些混乱、模糊、不明确的事情就会减少。她的话语和姿态中蕴含着让别人相信我们的所有行为都具有目的,即使付出极大努力的事情宣告失败,也仍会留下有意义的沉着力量。即便她现在满手是血、穿着宽松的病号服、手臂上挂着一串串针管也是如此,她看起来不像是羸弱或面临崩溃的人。

"可能会下很多雪吧?"

对于仁善的问话,我点了点头。感觉真的会下很多,四周比刚才更加阴暗。

"好奇怪啊，这样和你一起看雪。"

仁善的目光从窗口转向我，如此说道。我也觉得奇怪，眼睛似乎总是感觉到不真实，是因为它的速度，还是因为它的美丽？当雪花仿佛永远以缓慢的速度从空中散落时，重要的事情和无关紧要的事情突然有了明显的区别。有些事实变得明确，甚至让人畏惧，比如说痛苦或过去数个月坚持完成遗书的矛盾意志。暂时离开自己生命的地狱，探望朋友的这一瞬间，让我感觉奇异的陌生和鲜明。

但是我知道仁善说"好奇怪啊"是另一个意思。

* * *

四年前的深秋，仁善为母亲举行葬礼时，几乎没有告诉首尔的熟人，但她联络了我。夜深时分，村民们各自回家，我以前认识的几个纪录片制作人员也陆续乘飞机离开后，济州市内医院的灵堂变得非常安静。"不累吗？"仁善问我，我摇了摇头。虽然觉得应该与痛失母亲的她进行一些日常的对话，但是不知道应该对很久没有分享琐碎日常的她说些什么。自从母亲情况恶化以后，仁善就不希望我来找她了。打电话没有及时接听，也没有马上回我电话。用短信问好，总是几天后才收到她的答复。每当读到无法得知她内心想法的简短而平静的句子时，总会产生距离感。当然，我的生活没什么变化，你也好好过日子吧！这种隔绝的时间在我们之间流逝，如今还能询问未来的计划吗？

那一夜，仁善向我说起过去那段时间的问候中提及有关黑色树木的梦，似乎是因为那种无比复杂的心情。我和她隔着摆放没有吃过的切糕和剥好皮的橘子的盘子坐着，我坦诚地跟她说，那个夏天做的梦越是在接近冬天的时候，我越是会经常想起。因为习惯性胃痉挛，得去固定的医院，走在那似乎永远看不到尽头的八车线道路上，穿越斑马线时；等待着约好但还没到来的对方，我蜷缩在喧闹的咖啡厅角落，望着门口的方向时；从另一个噩梦中醒来，后颈发抖地仰视天花板的黑暗时，那未可知的原野上飘着雪，海水从黑色树木中涌来。

因此我问仁善："要不要一起做点儿事？一起种上圆木，给它们涂上墨水，等待下雪，把那些拍成影片怎么样？"

"那么，得在秋天结束之前开始。"

听完我的话之后，仁善如此回答。身穿黑色丧服，用白色橡皮筋紧紧绑住短发的脸庞真挚而沉着。她说，要种下九十九棵圆木，必须在地面结冰之前完成，最晚也要在十一月中旬以前召集人们一起把树种下。她拥有没人使用的废弃土地，是从父亲那里继承的，所以使用那个地方就可以了。

"济州岛的土地也会结冰吗？"我问她。

她回答："当然，山上整个冬天都会结冰。"

"雪会下到可以拍摄的程度吗？要是鹅毛大雪就更好了。"

我之所以再次询问，是因为从没想过那件事可以在济州实现。温带和亚热带树种混合生长的岛屿就算下雪又能下多少呢？我反而觉得比首尔更冷的地方，比如江原道边境附近的某个地方更加合适。

"啊，不用担心下雪的问题。"

她微笑着，眼角泛起细纹。这也是那一整天我第一次看到她的笑容。仁善说济州是一个雨、雾、雪都很多的潮湿地方，一到春天，因为雾太大看不到阳光的乡下女人甚至会患上抑郁症。不仅是暴雨频繁的夏天，就连旱季的春、秋两个季节也都每周下两三次雨，到三月下旬为止下鹅毛大雪的情况也很常见。

"提前种好树木是最重要的工作，把人们聚在一起种地也得好好计划，但是不用担心拍摄雪景的问题，我一有空就先最大限度地拍下来。"

就这样，当年冬天想要一起合作的工作，一回到首尔就因为我必须解决的个人问题而遭到延迟，此后情况也大致相同。有些年是她，有些年是我的条件不允许或身体不好，但是每年下第一场雪的时候，我总会想起今年也没能做成那件事。我和她之间总是有人会先打电话，说这里下雪了，那边怎么样，另一个人回答这里明天下。如果两人中有人问明年能做吗？另一人一定会回答说好，明年一定要做。然后谁也不用先说就笑了，我也曾想过也许不断延后的状态正变成那件事的本质。

* * *

"咔嗒"一声，铝箱又被打开了。我紧张地看着看护将消毒剂充分地倒在手掌上，连手指之间也进行消毒的动作。反而是仁善就像什么声音都没有听到一样，好像连我在看什么都不知道一样呆呆地看着我。

太郁闷了，连下床都不被允许，就这样持续着。

仁善的嘴角浮现出温柔的抱怨般的微笑。

走路不行，连手臂稍微用力也不行。

看护依次消毒了两根针。也许是在触摸针时可能会携带细菌，双手又进行了一次消毒。

绑住的神经不小心的话会重新松开。要卷到手肘上方，想找到神经就要重新进行全身麻醉，还要切开肩膀。听说今年年初有人因为麻醉没醒过来被送到大医院去，几年前还发生过因为败血症死亡的病例。

仁善的话停住，我再次清楚地看到看护毫不犹豫地将针扎进仁善伤口的动作，我开始后悔和仁善一起停止呼吸。刚才在医院大厅里不是已经明白了吗？看得越仔细越痛苦的经验。

　　看护把第二根针刺入仁善的中指时，我把视线转向了放在仁善枕头旁边的手机。我能想象到仁善为了给我发短信，不能移动包扎绷带的右手，小心翼翼地运用腰部、肩膀和左手的动作。现在能来吗？用尽全力连接子音和母音，分开间隔，如此问了两次。但为什么偏偏是我呢？

　　我知道她没有多少朋友，只和少数性格吻合的人联络。但是我没想到，在这样的瞬间她最先想到的人是我。夏天的时候，我想着可能的收信人，写下请求的话语，但是我没有想起仁善的脸庞，她距离我很遥远的事实可能是最大的因素。她独自看护母亲四年，直到母亲临终，所以我不想再给她添麻烦。在那段时间里，首先跟我保持距离的一方是仁善，我个人情况也不好，但我无法确定我是不是真的没有可努力的余地。坐飞机到济州岛不到一个小时，为何我从未想过要拉近我和她之间出现的距离？

　　正是因为如此复杂的想法，我才会问"没事吧？"我本来是想说一定没事的，但在不觉间说出这句话。我刚才看见因为新的痛楚让仁善的嘴唇颤抖。也许是因为忍受疼痛而暂时失去意识，在认识她的漫长岁月中，我从未见过她投向我的目光如此空虚。难道只有持续引起如此可怕的疼痛，神经线才会连接在一起吗？我无法接受。二十一世纪的医术难道除了那些以外，没有别的办法了吗？是不是为了争取时间而在机场附近寻找，所以才来到这个规模太小的医院？

仁善的眼睛再次出现光芒。我以为她没听到我刚才愚蠢的问题——没事吧？——正如同在回答具有意义的话语一样，她轻声说道：

"还是先继续做下去吧！"

这是仁善长久以来的口头禅。在一起进行采访旅行的时期，如果遇到出现问题的状况或邀请的地方出事，而我陷入慌张的时候，同龄的仁善总会那样爽快地说这句话。我还是先继续吧。不管我是解决了全部的问题，还是只解决了一半，甚至最终还是失败归来，她都会布置好设备，让现场几乎所有人都站在自己的一边，等待着我。如果需要录制采访影片，她就会固定好摄像机，为了拍摄剧照，她也会拿着相机笑着说道：

"想开始的时候就开始。"

如果我突然被那笑容传染，心情变得开朗，仁善也会因此而安心，眼睛就变得更明亮。

"嗯，我还是会继续做的。"

那句话就像咒语一样让我安心。不管遇到多么挑剔的采访对象，即使出现意想不到的突发事情，只要看到她沉着地凝视取景器的脸，我就会觉得没有必要惊慌失措，也没有理由慌张。

* * *

在最后一次的通话中,我明白仁善说了类似的话,也是在那一瞬间。

八月的凌晨,在梦境和现实之间再次看到黑色树木的原野,我终于睁开眼睛,从那里逃了出来。我撑起被汗水浸湿的身体,走向阳台。一打开窗户,曾有很短暂的时间感受到凉风吹拂,但湿气随之袭来,很快就变得更加燥热。

知了又在大吵大闹,如此看来,它们好像整夜都那样鸣叫。没过多久,隔壁和楼下的空调外机又开始大声旋转。我先关上窗户,然后用冷水冲洗像穿着盐衣一样黏糊糊的身体。在无处可逃、无处可躲的酷暑中,我躺在客厅的地板上,将手机放在枕边,一直等到七点。那几乎是上午唯一能与仁善通话的时间。因为她每天从一大早到傍晚六点都在木工房工作,工作的时候手机调成静音。

"嗯,庆荷。"

仁善一如往常,愉快地叫我的名字。

"过得好吗?"

平淡地问候彼此之后,我说道:"那个种植黑色树木的计划最好不要再进行下去了,我从一开始就理解错了梦境的意义,真的很抱歉,以后见面再详细告诉你。"

"……原来如此。"

我的话刚说完,仁善就立刻回答。

"可是怎么办?我已经开始了,上次你回去之后,就立刻开始了。"

去年秋天,在济州首先提出这件事的人是仁善,我也答应了。

"现在我真的可以开始了。"仁善说。

"你来济州以后,完全没做摄影的工作吧?"我小心询问,"现在要重新开始了吗?"

当我进一步询问时,她沉思了一会儿才回答:"也许吧!"

"庆荷啊,从冬天开始就收集树木了。"

就像在等这个电话一样,就像为了说明过去这段时间发生的事情一样,仁善条理分明地接着说道:

"收集了比九十九棵还多,从春天就开始进行干燥作业了。因为现在是夏天,所以有点潮湿,到十月一定能干燥到最佳程度。只要在十一月底以前努力工作,在地面结冰之前种下的话,从十二月到次年三月,每次下雪的时候都能够拍摄了。"

我想她也许正在准备也未可知,所以急忙打电话给她,这让我十分惊讶。就像过去四年那样,我暗自认为不管是出于什么理由,这个计划是不可能实现的。

"那么,是不是可以用那些树木制作别的东西呢?"

仁善笑了。

"不,不能用那些树木做别的工作。"

我很清楚仁善用微妙差异的笑声表达感情的习惯。当然因为好笑或快乐,她也会以亲切、调皮的心态笑出来,不过她在拒绝任何事情之前,因为要和对方表达不同的意见,但仍然不想吵架的瞬间也会笑。

"对不起,仁善。"

我再次道歉。

"还是别做了吧,我是认真的。"

仁善用完全失去笑声的嗓音问我:

"你会不会改变想法?"

"不,不会的。"

我觉得应该回答得更清楚些。

"是我的错,我把所有的事情都想错了。"

手机彼端,她沉默的几秒钟感觉比实际更长。

仁善打破沉默说道:

"不管怎么样,我都会继续下去的。"

仁善啊,你别做了。我虽然劝阻她,但她却像宽厚地道歉的人一样,说没关系。而且她的声音似乎在安慰我,充满了耐心:"我没事,庆荷,不用担心。"

* * *

"咔嗒",令人厌烦的声音再次传来,看护的铝箱重新打开,又过了三分钟。与我目光相遇的看护辩解似的说道:

"你朋友的意志真的很强,她一直在坚持着。"

在没有同意和否定的情况下,仁善慢慢向看护伸出右手。"我觉得沾着血的绷带太黏稠了。早上护士来擦药、重新缠上绷带了吗?真的换过了吗?血一直流着。"

医生和护士们都这么说:"真的在坚持着。"

在两个患部依次插入、拔出针时,仁善闭着嘴,看着窗外。水分多、颗粒小的雪花垂直地划着细细的线条坠落。

"雪很奇怪吧?"

仁善用模糊的声音说道。

"怎么可能从天上降下那样的东西。"

* * *

似乎从一开始就不需要我回答似的,像是对窗外某处的其他人说话一样,她接着轻声说道:

"我在卡车后车厢里醒了过来,

可怕的痛觉从被锯断的手指处蔓延开来。

那种痛苦以前根本想象不到,

现在也不能用言语形容。

不知道时间过了多久,

不知道是谁把我载到哪里去。

看着眼角无止境流经的树木,我只是猜想是否正在穿越汉拿山。

在快递箱子、粗大的橡皮绳索、脏毛毯、车轮锈迹斑斑的推车之间,我像濒死的昆虫一样蠕动着。

疼得几乎要昏死过去,

我倒是想昏死过去,不知道为什么那时候想起你的书。

书里描绘的人,不,是当时实际在那里的人。

不,不仅是那里,是所有存在于发生类似事情地方的人。

中枪,

挨棍子打,

被刀刺死的人。

该有多疼啊?

两根手指被切掉就这么疼,

那些死去的人啊,以要了他们命的程度,

身体某处被贯穿、被砍杀的人啊!"

* * *

那时才知道，仁善一直想着我，准确地说，是想着我们约定好的计划。更确切地说，是四年前我梦中的黑色树木。而那本书正是梦境的根源。

下一瞬间，我做了更可怕的猜测，因此停止了呼吸。仁善去年夏天说，已经准备好树木，正在进行上百棵圆木的干燥作业。从秋天开始，将它们锯开、剪断、修裁，制作像蜷缩着背的人一样倾斜、扭曲的人体形状。

* * *

"你一直在做那件事吗？"

我仿佛觉得自己无处可逃，结结巴巴地问她。

"就是我说过不要再做的那件事，你的手是不是因为做那件事才受伤的？"

我明明说过不要做了，为什么你一个人固执地一定要做呢？但是我无法说出口。"一开始就不应该向你提起那个建议，我这个弄不清楚意义的人根本不应该向你诉说梦境的内容，那种事情根本就不应该把你扯进来。"

"那不重要，庆荷。"

- 布克国际文学奖（亚洲首位）
- 布克国际文学奖短名单
- 国际都柏林文学奖短名单
- 意大利马拉帕蒂文学奖
- 西班牙圣克莱门特文学奖
- 挪威未来图书馆年度艺术家
- 韩国李箱文学奖
- 韩国大山文学奖
- 韩国金万重文学奖
- 韩国东里文学奖
- 韩国万海文学奖
- 韩国黄顺元文学奖
- 韩国金裕贞文学奖
- 韩国今日青年艺术家奖
- 韩国小说文学奖
- 韩国《首尔新闻报》年度春季文学奖

韩江作品

长篇小说

《素食者》

你现在不吃肉，这个世界上的人们就会吃掉你。

《失语者》

人的身体就是悲伤，为了拥抱人和被人拥抱而诞生。

《不做告别》

得思念什么才能坚持下去？
如果心里没有熊熊燃烧的烈火，
如果没有非要回去拥抱的你。

《少年来了》[即将出版]

在你死后，我没能为你举行葬礼，
导致我的人生成了一场葬礼。

短篇小说集

《白》

我再也不会问自己，是否可以把这人生交付于你了。

《植物妻子》

现在一想，真是后悔，我这一生都是心里怀着刀活过来的。

诗集

《把晚餐放进抽屉》

我记得你的沉默
你不相信神
也不相信人类

在看来委婉而肯定的回答之后,似乎要拒绝我所有的道歉、自责和后悔的话语,仁善迅速地接下去说。不再像悄悄话一样轻声细语,似乎突然克服了所有疼痛,声音变得清晰起来。

"今天要你来并不是因为那件事,是因为有别的事要拜托你。"

我无法躲避她突然充满生机、闪耀的双眼,等待着她下面要说的话。

3
暴 雪

一开始以为是鸟类，数万只拥有白色羽毛的鸟类紧挨着水平线飞翔。

但那并不是鸟，而是强风暂时刮散远海上的雪云。在那间隙中，阳光泻落，雪花闪耀。海平面反射的光线倍增，让人产生一种璀璨的白鸟群从海上掠过的错觉。

这样的暴风雪对我而言还是首次。十年前的冬天，我曾在首尔街头见过积雪达到膝盖的情景，但填满天空的密度并没有这么大。因为是内陆城市，所以也没有刮过这样的风。现在我乘坐的巴士行驶在风雪交加的海岸道路上，我系着安全带坐在最前排的座位上，看着被强风刮起的椰子树。虽然湿滑路面的温度临近冰点，但如此多的雪丝毫没有积累，甚至消失得无影无踪，让人觉得不太现实。有时因为无法理解的大气作用，狂风突然静止，这时可以观察大片雪花的下降速度有多慢，如果不是在行驶的巴士里，似乎可以用肉眼观察到六角形的结晶。

但是，如果风再次刮起，就像巨大的爆米花机器在空中剧烈转动一样，雪花会直往上蹿，就如同雪本来不是从天而降，而是从地面上不断冒出，被吸进空中一样。

我渐渐变得焦躁起来，因为我认为乘坐这辆巴士是错误的选择。

两个小时前，我乘坐的飞机非常不稳定地摇晃，降落在济州机场，飞行途中经历了像是只从新闻节目里听过的乱流现象。滑行在跑道上的飞机速度逐渐减慢的时候，坐在通道对面座位上的年轻女子一边滑着手机一边自言自语："天哪！在我们之后的飞机全部停飞了。"一个看似她恋人的年轻男子回应道："我们运气好啊！"女子大笑说："这是运气好吗？这种天气？"

一出机场，暴风雪就刮得让人睁不开眼睛。在经历过四次出租车拒载的情况下，我越过斑马线，回到机场大厅前，并走近身穿荧光色背心、在观光巴士货舱内装载行李箱的职员，询问他们是否知道我被拒载的原因。五十岁左右的男子听到我的目的地后，劝我坐公共汽车。他说在大雪预防警报和强风警报同时发布的济州岛上，没有出租车想进入仁善家所在的山中村落。他说，公共汽车无论是哪条路线，都会在轮胎上固定铁链后行驶，但如果连夜下雪，行驶就会中断，从明天早晨开始，山中很有可能被孤立。"该坐哪辆公共汽车呢？"我问他，他摇了摇头。先在这里随便坐一辆公共汽车去巴士客运站吧！因为眼睛和鼻子不断受到风雪的侵袭，他皱紧眉头说："没有公交车不去巴士客运站的。"

我听了他的劝告，搭上最先到来的市内巴士前往客运站。我非常不安，这里大概下午五点天就黑了，此时已经下午两点三十分。仁善的房子离村子很远，从入口处至少还要再走三十分钟。仁善经常抱怨没有路灯，她也得拿着手电筒走夜路，在这样的天气下，我一个人走进去似乎是不可能的。但是我也不能在济州市内找一个住宿的地方，等待天亮以后再进去，因为进入山中的道路今晚可能就会中断。

到达客运站没多久，途中经过南方海岸 P 邑的环岛快车就进站了。P 邑是离仁善家村子最近的小镇，虽然也有穿越汉拿山直接通过仁善村庄附近的公交车，但由于发车间隔较长，需要等候一个小时以上，所以我坐上了那辆环岛巴士。如果要去邮局或农协办事，仁善就会开着小型卡车去 P 邑。从高度下降的区间开始，郁郁葱葱的山茶树向两侧无尽延伸的那条路，我也曾坐在副驾驶座上，与仁善一起奔驰过。她告诉我，每小时有三辆连接 P 邑和村庄的小型支线巴士。在没有行李、天气好的时候，她不会开卡车，而是乘坐巴士到 P 邑，在海边走走再回来。在哪里走？当我问起时，她用眼睛指着沙滩，碧蓝的大海带着波浪涌上来。

因为那些清晰浮现出来的信息,我相信那一瞬间我做出了最好的选择。先乘坐环岛巴士到达 P 邑后,再换乘支线巴士进入仁善的村庄,但问题是济州岛的海岸线形成了长长的椭圆形,在客运站等候一个小时,乘坐横穿汉拿山的巴士也许会更快。在绕行这么长的路途中,从 P 邑进入仁善村庄的小型公交车可能会因降雪而中断行驶。

一大堆深红色花朵为之盛开的亚热带树木正剧烈地摇晃着身体。下这么大的雪,却一点儿都不会堆积在花瓣上,正是因为阵阵狂风所致。椰子树挥舞着多条如同长臂般树枝的动作显得更加激烈。所有树木的光滑叶子、花梗和繁茂的枝条都像独立的生命体一样,像要自己摆脱暴雪而抖动着。

我想着与这里的风雪相比,首尔下雪时是多么宁静。就在四个小时前,我从仁善住的医院出来,坐在出租车后座上看到的雪就像密密麻麻地缝缀在灰色天空和柏油路之间的无数白线一样。我离开每三分钟就要被针刺一次,借以流出鲜血的仁善;没有声带振动、只是轻声细语说话的仁善;不知是因为疼痛还是其他感觉,用闪闪发光的眼睛凝视我的仁善,搭乘出租车奔向金浦机场。两支雨刷把像湿线一样沾在玻璃上的雪花抹掉。

* * *

因为仁善说去我济州的家,所以我来到了这里。

"什么时候?"

我一问,仁善立刻回答:

"今天,太阳西沉之前。"

从医院坐出租车尽快赶到金浦机场,坐上最快的飞机赶到济州已经是一件不知是否可能的事情。虽然我认为这是奇怪的玩笑,但仁善的眼神却非常真挚。

"不然就会死掉。"

"谁?"

"鸟。"

鸟?我原本想反问,但我记得去年秋天在仁善家里见到的两只小鹦鹉,其中一只还跟我搭话说你好,因为那个声音和仁善的声音很相似,我对此感到十分惊讶。因为在此之前,我根本不知道鹦鹉不仅能模仿人的发音,还能模仿人的音色。更神奇的是,那只鸟似乎能听懂仁善的提问,将"嗯""不"和"不知道"等回答交叉在一起,进行了相当不错的对话。那个早晨仁善说,像鹦鹉一样模仿说话是错误的比喻,因为事实上可以如此进行交谈。她笑着说服半信半疑的我,你也说说看,过来我的手上。我犹豫了一下,但仁善的微笑让我鼓起勇气,于是打开鸟笼,伸出食指。要上来吗?鸟儿马上回答说不,我觉得有点儿尴尬。似乎是要否定刚才的回答,细小而粗糙的脚,几乎没有重量的身体,鹦鹉飞上我的手指,我的心奇怪地被打动了。

阿米几个月前死了,现在只剩下阿麻。

如果我的记忆正确,说话的鹦鹉应该是阿米。不是说还能活十年吗,为什么突然死了呢?它是一只白鸟,头上和尾巴的羽毛上有着比柠檬颜色稍浅的黄色细纹。

你去看看阿麻是不是还活着,如果还活着就给它水喝。

与阿米不同,阿麻从头到尾的羽毛都是白色的,看起来更加平凡。虽然不会说话,但是可以流畅地模仿仁善的哼唱。阿米飞到我食指上的同时,阿麻飞到我的右肩上坐着。和阿米一样,我从毛衣的夹缝中感觉到它那没有重量的身体和粗糙的爪子。为了看清它的脸,我回头一望,小家伙歪着头,用沉思的左眼看了我几秒钟。

"知道了。"

因为仁善的请求非常认真,所以我首先点了点头。

"我回家收拾行李,明天凌晨坐第一班飞机去。"

"那不行。"

中途打断对方的话是仁善平时不会做的事情。

"那就太晚了。事故发生已经是前天了,那天晚上做完手术，到昨天为止，我的脑袋里一片混乱，今天刚恢复精神就跟你联络了。"

"济州岛没有可以拜托的人吗？"

"没有。"

我无法相信这句话。

"济州市或西归浦也没有？发现你的老奶奶呢？"

"我不知道她的电话号码。"

我觉得仁善的语调很奇怪，几乎是不容商议。

"庆荷，拜托你跑一趟。在那里照顾一下阿麻吧，直到我出院为止。"

我还想反问那又是什么意思，但仁善接着快速说出下面的话，我无法打断。

"幸亏前天早上把水碗装满了。小米、干果也一样，原本想可能会工作到很晚，所以放了很多。这两天也许无论如何都能坚持下去，但是要让它活三天是不可能的。今天之内赶去的话，有救活的可能，但是到了明天一定会死的，一定的。"

"我知道你的意思了。"我安慰仁善，但并不是真正了解她。

"但是我不可能在你家一直待到你出院。我先去把它救活，然后连同鸟笼一起带回来。看到它平安无事，你也好放心。"

"不行。"仁善倔强地说，"阿麻一定无法忍受环境突然

第一部 鸟

改变。"

我感到惊慌,在我们认识的二十年里,仁善从未以这种方式提出过无理的请求。当她用信息说需要身份证时,我还以为是发生需要签手术同意书等紧急的状况,所以没回家就直接坐上了出租车。是不是因为可怕的疼痛和打击,仁善身体的哪些部分发生了变化?难道说这一切都是起因于我提议过的事情,所以想让我承担责任吗?不,能拜托的人真的只有我吗?得在济州待上一个月,能够照顾小鸟的人,再也不存在工作、家人、日常生活的人?然而不管其中的理由是什么,我都没有办法拒绝。

* * *

每当强风驱散远海的乌云时,阳光就会降落到水平线上。成千上万鸟群般的雪花像海市蜃楼一样出现,在海上飞舞,然后突然随着光芒消失。在我额头顶着的冰冷车窗上,两支雨刷发出"嘎嘎"摩擦声的巴士前方玻璃上,巨大的雪花不停地碰撞后消失。

我把头部摆正,翻着羽绒大衣的口袋,掏出其中的口香糖打开包装。因为登机时间将近,我在金浦机场的便利店里买了口香糖。镶嵌在银箔包装里的十二个正方形口香糖中,有一粒已经在飞机起飞时嚼了，现在取出第二粒放在手掌上。我把那个曲线圆滑、中间鼓起的口香糖放进嘴里咀嚼起来，因为出现了那似乎从远处开始破冰而来的偏头痛前兆。为何会罹患伴随可怕的胃痉挛和血压下降的偏头痛，我并不清楚。因为不知道什么时候会出现，所以总是随身带着药。今天临时到家门口散步，然后就直接过来这里，所以没能带上。经过前兆阶段，真的开始出现症状后，任何应急处方都已经没有意义。在之前的临界点上，能够起到帮助作用的，在我的经验上只有口香糖而已。最软的粥也是有害的，一旦开始头痛，终究会吐出来。

"你要去哪里？"

司机用济州话大声问我，因为我没有行李，穿着一件看起来不太适合远行的外套，所以他觉得我是当地人。

"去P邑。"

"哪里？"

我更大声地回答：

"到了P邑能告诉我吗？"

近在咫尺，却听不清司机的回答，因为声音被车窗外的风吞噬了。他问我的目的地可能是大部分的车站都没有人。巴士里的乘客只有我一个，从远处看，如果车站没有人等候，车就不会减速而是直接驶过。

但在下一站就有人上车。一名看似游客的三十多岁男子在暴风雪中探出上身招着手,似乎光是顶着强风等待就很辛苦。他没有付费就坐在驾驶员的后座上,好不容易在旁边的座位上放下看似十分沉重的背包,然后才从夹克的口袋中取出皮夹。

"去机场吗?"

他边刷交通卡边问司机。

司机大声回答:"啊,去机场要在对面坐,而且飞机不会起飞。"

"不去机场吗?"几乎绝望的疲劳从男人的声音中流淌出来,"巴士前面明明贴着的啊!去机场。"

"去是去,但是要绕很远,所以要在对面坐。"

"我真的等了很久了,只要能去机场,我就坐这班巴士去。"

"还要绕两个小时呢!"

司机咋舌。

"要不要坐那是乘客的自由,今天飞机不会起飞。"

"我知道,我会在机场等到明天早上。"

男人虽然始终用恭敬的口吻,但不知是不是因为司机不怎么使用敬语,声音听起来好像在压抑着愤怒。

"在机场等到早上?机场晚上十一点关灯,然后大家都得离开。"

"不能在机场熬夜吗?"男人似乎有些吃惊地反问,"那今天没坐上飞机的人怎么办?"

"什么怎么办?得找个住的地方啊……真是的,这种天气连个对策都没有?"

司机用后视镜斜视着茫然地张着嘴的男人,摇了摇头。

对话就此中断。男子似乎死心了,系上安全带,打开手机,也许是搜寻济州市内能住宿的地方或联络熟人。我把目光投向他的背包挡住一半的内陆侧车窗。那个方向应该有海拔接近两千米的死火山,但任何景象都无法进入视线当中。只见一大片乌云和雪雾的白团在虚空中晃动。海岸虽然没有积雪,但只要高度稍微升高,情况就不一样了。瞬间云雾消散,奇迹般照耀的阳光就像低飞的鸟群一样飘扬在海面上,那种灿烂雪花的慈悲应该不存在于那个山间。到达 P 邑后,就要进入密度极高的暴风雪中。

* * *

仁善熟悉这样的风雪吗?我忽然想起来。这样的暴风雪——无法区分云、雾、雪界限的晃动灰白色块对她来说是不是很惊讶或特别的事情?自己出生、成长的石屋在那巨大的团块中以明确的坐标存在,一只不知是死是活的鸟在那里等待着。

一起出差旅行的第一年，仁善很少提及故乡的事情，再加上她说了一口完美的首尔话，所以对我来说，她就像首尔人一样。某个晚上，她用宿舍大厅的公用电话给母亲打电话，我在旁边听到她跟母亲谈话后，才切身感受到仁善来自遥远岛屿的事实。除了几个名词之外，她说了一些让我无法听懂的方言。她脸上带着笑容，接连问了些什么，用几个我听不懂的句子开玩笑后，在我无法理解的语境中大笑后放下听筒。

"是什么那么有意思啊，和妈妈一起？"我问她。

她爽快地回答：

"没什么，只是……"她说着看了看篮球。

笑容的余韵还留在她的脸上。

"妈妈，其实就是老奶奶，她四十岁以后才生下我，已经六十好几了。她连篮球规则都不懂，因为有很多人在球场上跑来跑去，觉得很有意思才看。家里孤零零的，没事的时候很寂寞。"

她的声音里带着一丝淘气，好像是在取笑挚友的秘密习惯。

"她都那个岁数了，还在工作吗？"

"那当然，济州岛的奶奶们到八十岁都还工作，收获橘子的时候互相帮助。"

仁善又笑着回头说刚才的故事。

她也很喜欢看足球比赛，因为会出现更多的选手。如果在新闻里出现游行和示威的场面,你不知道她看得多么仔细,就好像听说有认识的人会出现一样。

此后,在火车或高速巴士上,如果觉得时间过得很慢的时候,或者餐厅里还没上菜时,我偶尔会让仁善教我济州话,因为她跟母亲说的话中浊音很多而且语调柔和的方言非常好听。

"反正你去济州旅行也用不上济州话,因为大家都能看出来你不是本地人。"

刚开始,仁善并不乐意教我,但当我真正表现出兴趣时,她就从简单的开始慢慢告诉我。最有趣的是与陆地语言不同的动词和形容词的词尾,我们偶尔也会练习会话,每当我说错的时候,仁善都会面带笑容地纠正我。有一天她说:

"有人说是因为那里风很大,所以语尾非常短,因为风声会打断语尾。"

就这样,仁善的故乡只剩下她教给我的方言——语尾简短——以及因为想念人而喜欢看篮球比赛的像孩子一样的奶奶形象。我刚辞掉杂志社工作的年底,作为中间不夹杂工作的单纯朋友,我第一次和她一起待到晚上。

岁末的夜晚,我们在一个位于车辆不多的双行线道路边、有着落地窗的面店一起吃了面。我记得当时觉得随着岁月的流逝,两人的年龄就会增加一岁的事实非常沉重。

"下雪了。"

听到仁善的话,我咬断面条,朝窗外望去。

"没下啊。"

车子经过的时候我看到了。

随后,一辆车驶过,前照灯灯光照耀的黑色空中闪烁着如盐粉般的雪花。

仁善放下筷子,走出餐厅。我继续吃着面,从窗外望了望她的背影。我以为她出去是要打电话给谁,她的手机却安好地放在桌子上。是想拍照吗?虽然留下相机走了出去,但也许是在想要怎么拍摄。与仁善同行的时候,经常发生这样的事情,所以我总是要在两者中选择一个。是要怀着好奇心看着她观察什么、用照相机照了什么,或者我想着自己的事情,慢慢地等待。

出乎意料的是,仁善没有回来拿相机。她穿着露出肩膀和肩胛骨瘦削轮廓的单薄高领衫,双手放在浅色牛仔裤口袋里一动也不动地站着。一辆出租车再次驶过,前照灯照耀的空中,散开了盐粉般的雪花。她就像一个忘却一切的人——吃到一半的面、作为同伴的我、日期、时间和地点。不一会儿,她走回餐厅,我看到她头上的细微积雪,在走到我们桌前的短短时间里融化成零星的水珠。

我们无言地吃完剩下的面条。如果长时间与某人相处,就会隐约地学习到在哪一瞬间应该少说话。两人都放下筷子,过了很长时间,她才开口说自己十八岁时曾离家出走,当时过了一个死劫。我内心很惊讶,因为我很清楚在仁善九岁的时候就守寡并独自把女儿培养到大学毕业的年迈母亲对于仁善具有何等意义。

"你老是说妈妈像奶奶一样,我真的以为是我和外婆之间的关系一样。"

我对仁善说道。

"因为外婆和父母不一样,彼此之间没有任何复杂的心情……只是无止境地给予。"

仁善静静地笑着,她同意我的话。

"妈妈真是那样,真的像奶奶一样对待我,没有任何期待或责备。"

就像母亲在身边听着一样,仁善的语调非常谨慎。

"小时候没有任何不满,爸爸和妈妈的声音都不大,家里总是很安静。父亲去世后更安静了,我总是感觉到世界上只有妈妈和我两个人。晚上我偶尔会肚子疼,妈妈用线把我的大拇指绑起来,用针刺指甲的下方,然后不停地揉我的肚子。哎呀,我这个瘦得像高粱秆的女儿啊,真是像爸爸一样体弱啊……"她总是叹着气自言自语。

仁善用筷子搅着大碗,发现再也没有剩余的面条后,才把筷子放到桌子上。就像要接受某人的检查一样,她端正地对齐筷子。

"但是不知道那一年为什么那么讨厌妈妈。"

* * *

呼——热气从胸口开始顺着喉咙涌上来,让我无法忍受。我讨厌家里,讨厌从独户的屋子走到公交车站的三十多分钟路程,讨厌得坐公交车才能到的学校,讨厌上课铃声《致爱丽丝》,讨厌上课的时间,讨厌似乎什么都不讨厌的孩子,讨厌每个周末都要洗好后熨烫的校服。

不知从什么时候开始讨厌妈妈。没什么理由,就像这个世界很恶心一样,觉得妈妈也很恶心,就像我厌恶自己一样厌恶妈妈。厌倦妈妈做的食物,妈妈总是仔细擦拭满是斑驳痕迹的饭桌,她的背影让我厌恶,我不喜欢她那老式的盘髻白发,像是受罚的人一样微驼的步伐让我郁闷。厌恶的心情越发高涨,后来连呼吸都不顺畅,如同火球一样的东西无休止地从胸口沸腾上来。

因为想活下去,最终选择离家出走,不然的话,那个火球似乎会杀了我。早上一睁眼就换上校服,背包里没有放进教科书和笔记本,而是收拾了内衣和袜子放进去,辅助包里则放进便服。当时也像现在一样，十二月，大家互助采摘橘子并加以包装的时候，所以妈妈一大早就去村里工作。我有一口没一口地吃着妈妈用罩子盖住的饭，找到妈妈可能放钱的地方。电视下面，装着水电费通知单的铁制饼干盒里有一大笔钱，那是我们家提前收获的橘子换来的钱。

我记得出门之前，去妈妈的房间看了看。推拉门开着，被子叠得非常整齐，但是铺着电热毯的褥子还没收起来。我知道那下面有锯子，妈妈迷信只有睡在锋利的铁片上才不会做噩梦，但是即使隔着锯子睡觉，妈妈也经常做梦：屏住呼吸浑身打战，偶尔像野猫一样发出奇怪的声音，哽咽着哭泣。那个形象、那个声音对我来说简直是身处地狱。我当时对自己发誓绝不会后悔，不会再回来。我不会再让那个人把我的人生染成阴暗的颜色，用她那微驼的背部和可怕的柔弱声音，用她那个世界上最懦弱、最卑怯的人类形象。

我在客运站的厕所换上便服，买了去莞岛的客轮票后离开了济州岛。在木浦客运站乘坐高速巴士到首尔，夜已深了，我找了个客运站附近的廉价旅馆住下，记得那时看了几次客房的门锁后还是感到不安。我不喜欢被褥上有陌生人的头发，所以用沾湿的卫生纸擦干净后，蜷缩着睡觉，就像那样做的话能从污秽中得到保护一样。

第二天走出旅馆，给住在首尔的表外甥女姐姐打了电话。

我之前应该说过，妈妈的唯一姐姐的孙女——现在去澳洲的那个。早逝的姨妈和妈妈不同，结婚很早，马上就生下孩子，表姐的岁数和我妈妈差不多，表外甥女姐姐比我大两岁。如果只是叫她姐姐的话，就会被大人们责骂，所以从小就用表外甥女姐姐这个尴尬的称呼叫她。

当时表外甥女姐姐是大学新生，接到我的电话后问我是否能找到锺路，并跟我约好在YMCA大楼的大厅见面。幸好姐姐讲义气，没有带长辈们一起过来，但一看到我就开始数落我。这到底是怎么回事，赶快回家。她问我是不是应该等到高中毕业再做打算，给妈妈打电话了吗，有没有回去的车费，现在住在什么地方。我什么话都没回答，立刻从那个地方逃了出来。我虽然拜托她不要告诉任何人，但我知道姐姐当天就会跟所有人说这件事。

在回旅馆的路上，我下了决心，要做和姐姐说的一切完全相反的事情。我不会给妈妈打电话，当然不会回济州岛，不会等到高中毕业。我想首先得找到工作。看到客运站附近日式餐厅门口贴着的招聘公告后，我走进去面试。我颤抖着说我就读于附近教育大学的一年级，目前休学了。老板很奇怪地没有怀疑，让我围上围裙，在大厅服务两个小时，然后让我第二天就去上班。

从餐厅出来，朝旅馆走去的时候，我好像有点儿兴奋。每迈一步，无数的人群都会在我眼前让开一条路，好像在说好，现在你就只要向前走。胸口的一侧紧绷不安，但头顶上却一直像被冰水浇灌一样精神抖擞。

我记得当时在想，这种感觉就叫自由吗？天色很快变暗，我穿着在济州岛上已经算很厚的短大衣，还是感到极度的寒意朝我袭来。我把大衣领子竖起来，低着头，让脖子少灌进点儿寒风，走着走着，却在积着薄冰的台基上滑倒。我还记得掉下去的时候用双脚感受到的虚空感觉，竟然没有底部啊，还没到底啊，我会死。后来才知道那里的深度是五米。

隔天中午我才被发现。在台基下面有着被挖开的施工现场，从夏天开始工程中断而被弃置的现场所有权正好在当天移转，新屋主和房地产中介一起来看。他们以为有尸体，吓了一跳，他们说我还在呼吸，更让他们吃惊。

我没有死是因为我掉到了地下水排水用的无纺布堆上。虽然运气好，没有任何骨折，但头部受到了撞击。在没有意识的十天里，我被分类为无亲属病患，住进了附近的综合医院。当我终于恢复意识的时候，护士问起我的名字，我回答后又失去意识了。我记得突然清醒过来时，表外甥女姐姐红着眼坐在床头。再次失去意识后睁开眼睛，是妈妈坐在同一个位子上。昏暗的病房里只开着床头灯，在昏暗中妈妈的眼睛闪耀着乌黑的光芒,她看着我的眼睛。

"仁善啊,"妈妈叫我,"你回答我,你能认出我是谁吗?"

嗯,我回答的时候妈妈没有哭,也没有责备我,也没有大声叫护士,但是开始没有头绪地说起话来。不知从何时起,她紧紧地握住我的手,眼睛依然乌黑发亮。

那时候妈妈说早就知道我受伤了,在医院联络她之前就已经知道了。她说在我从台基上跌落的那个夜里梦到我,我回到五岁的模样坐在雪地上,脸颊上的雪却奇怪地无法融化。她说在梦里她害怕得浑身发抖,温暖的孩子脸上,雪花为什么融化不了?

* * *

听到这段往事的时候,我还没有亲眼见到仁善的母亲。之后过了十年,仁善回到济州岛没过多久的时候,正好我随当时工作的公司去济州进行了短暂的研修。好不容易排开晚上的日程,叫了出租车去了仁善家,她的母亲——一位阿尔茨海默病早期患者,是一个干净、沉稳的老人,这让我大吃一惊。与仁善不同,她身材矮小,五官精致,声音优美,就如同还像少女一样的老人。"好好玩一会儿再走。"她握着我的手欢迎我,走出她的房间时,仁善说道:

"见到陌生人可能有点儿紧张,神志比较清楚。大概是因为她本来就不喜欢给人添麻烦,但是她对我又哭又闹,还耍心机,经常觉得我是她姐姐。"

第二天坐上飞往首尔的飞机时,我想起很久以前的冬天听到仁善离家出走的故事。奇怪的是,我和她母亲一样,觉得仁善很可怜。十八岁的孩子,究竟是多么讨厌自己、多么讨厌这个世界,才会讨厌那么矮小的人呢?垫着锯子睡觉、做噩梦、咬牙流泪、声音很小、背部佝偻如球的人。

* * *

出了面馆,我们默默地走着。仁善浓密的短发上萧瑟地积了雪,也许我的头上也是如此。每当走过街角时,人迹罕至的白色街道就会像一本巨大的图画书一样展开。在寂静中清楚听见我们脚下踩雪的声音、袖子摩擦羽绒大衣的声音、远处的店铺拉下铁卷门的声音。我们的口、鼻中流泻出白色热气,雪花落在鼻梁和嘴唇上,因为我们的脸温暖,那些雪花很快就融化了,新的雪花重新飘落到那湿润的部位。两人似乎都没有想到要回自己的家该走哪条路,就像恋人们为了延迟短暂的离别而选择迂回道路一样,我们继续沿着与地铁站相反的方向走去,遇到转角时,就像翻到下一页一样,我等待着越过安静的斑马线。仁善打破沉默,告诉我下一个故事。

* * *

我出院后和妈妈一起回济州家的晚上，妈妈又讲了一次雪花的故事。这次不是那个梦的故事，而是为何会做起那个梦的真实故事。也许是觉得还没完全恢复的我又生出逃跑的念头，她整夜躺在我的身边，抓住我的手腕，在睡梦中放手后又吓了一跳，紧紧地抓住我。

妈妈说，她小时候军警把村民都杀了，当时只有读小学毕业班的妈妈和十七岁的姨妈去堂叔家帮忙，才得以避开屠杀。第二天听到消息，姐妹俩回到村子里，为了寻找父亲、母亲、哥哥和八岁妹妹的尸体，整个下午都在小学操场上徘徊。她们确认各处叠在一起的尸体，从前一个晚上开始下的雪薄薄地覆盖在每张冻得结冰的脸上。因为积雪而看不清脸，姨妈不敢徒手，只好用手帕一一擦去积雪确认。姨妈说我擦脸，你可要看仔细了。本来姨妈不想让妹妹摸死者的脸，但是妈妈觉得这句让她看仔细的话异常可怕，于是抓住姨妈的袖子，紧闭着眼睛贴着姨妈往前走。每次姨妈说让她仔细看的时候，她才会睁开眼睛硬着头皮看。妈妈说，那天我才明白，人死了身体会变冰凉，脸颊积雪，满脸会结满血丝的薄冰。

＊ ＊ ＊

仁善从以前就十分关注的纪录片工作是从第二年开始正式进行的。后来我猜想，那个下雪的夜晚她将这个故事说给我听时，她大概正在绘制未来的工作蓝图。

就像无限延伸的白纸一张张翻开一样，我们再次回到以前走过的路，向地铁站方向走去。运动鞋的鞋尖都浸湿了，里面的脚趾冻僵了，塞进大衣口袋的手掌冻得硬硬的。仁善头上的积雪更多，看来像是戴着白色毛线帽，她张嘴说话的时候，就会吐出半透明的如火花般的气息，在黑暗中蔓延开来。

＊ ＊ ＊

直到那时为止，我还完全不知情。我以为没有外祖父母、亲戚只有大姨一家是因为妈妈的兄弟姐妹特别少。恐怕除了我之外，很多孩子都是这样，因为无论是当时还是现在，大人们都不会说起那件事。

那天晚上妈妈跟我说起那件事，怎么说呢？可能是因为沉浸在某种炙热的气氛之中，不，也许说是寒冷的气氛才是正确的。妈妈就像感觉寒冷的人一样，下巴一直发抖。不是我自认为了解的那个安静、悲伤的老奶奶的模样，所以我觉得有些混乱。在那一瞬间,将妈妈变成另外一个人的原因是第一次说给女儿听的数十年前的事情,还是最近发生差点儿失去女儿的打击,我不是很清楚。让我觉得奇怪的是,妈妈对我的离家出走,自那之后没有再提过。没有责怪我的行为,也没有问过理由。对于几十年前的那件事也是一样,她从未说过年幼的姐妹找到家人的遗体,举行葬礼的过程,也没有说过之后是以怎样的毅力和幸运生存下来的,只是说了关于雪的事情。就像数十年前在现实里看到的、不久前梦见过的那些雪花的因果关系,正是洞察她人生最可怕的逻辑一样。

妈妈继续说:

"我,只要闭上眼睛,我就会想起来。虽然没有刻意去想,但总是会想起来。可是那天晚上的梦里,雪花沾在你的脸上……我凌晨一睁开眼,就想这孩子死了。哎呀,我真以为你死了。"

* * *

当时仁善说,对于母亲的感觉并没有因此完全平静下来,之后仍然很复杂,在某些方面反而更加混乱,但是过去一刻也难以忍受的憎恶从那天晚上开始不可思议地消失了,现在更无法知道胸口那团曾经燃烧得那么炙热的火球究竟为何。

从那以后，妈妈就再也没有提起过，别说提了，连表现出来都没有。可是在这样的下雪天我就会想起，虽然我没有亲眼见到那个在学校操场上徘徊到夜深的小女孩儿；那个以为十七岁的姐姐是大人，扯着她的衣袖，无法睁开也无法闭上眼睛，挽着姐姐手臂走路的十三岁孩子。

* * *

虽然巴士前方风挡玻璃的雨刷不断摆动，但是无法刷掉狂袭而来的暴风雪。雪的密度越高，巴士的速度就越慢。司机注视着视野不明的前方，侧脸显得有些紧张。坐在驾驶座后面的男游客也焦急地用手托着下巴，望着巴士风挡玻璃的前方。

我想下车以后就要冒着那暴风雪走路，在难以睁开眼睛的狂风中，几乎要闭着眼睛一步一步地前进。

我想，这种风雪对仁善来说应该是很熟悉的。

我接着想，如果我是仁善的话。

我想起她那沉着的性格，那种无论什么事情都不会轻易放弃的韧劲。我开始想象她下了巴士以后会做的事。

如果她是我，一定会去买手电筒。如果无法立刻搭乘支线公交车，天色完全黑暗，那就得走没有路灯的乡间小路了。她还会购买雨鞋和铲子，因为与海岸道路不同，山中从早晨开始降下的暴雪会全数堆积。

其实是疯了，我低声嘀咕。我不是仁善，我不仅不熟悉这种风雪，连经历都不曾有过，我甚至不爱那只鸟，为何要顶着这暴风雪在今晚赶到她的家。

* * *

看到农协和邮局的招牌，我猜想公交车终于开进 P 邑。伸手按下车铃后，公交车的速度更加减缓。就像约好了似的，车窗外的风也好像减弱了。不，不是变弱，而是像谎言一样，不知不觉地静止下来，好像突然进入了台风眼中。现在才刚过下午四点，天色似乎要迎来更大的暴雪一样黑暗。

街上不见任何人影，降雪的双行道完全没有车辆经过。移动的只有难以置信、缓慢落下的鹅毛大雪。在布满空中的雪花之间亮起鲜红的红灯，公共汽车停在斑马线前。每当雪花落在湿滑的柏油路上时，看来似乎都会犹豫片刻。那么……应该那样……就像习惯性交谈的人叹息的语气一样，越接近尾声越像寂静的音乐终止符一样，就像想要搭在某人的肩膀上，小心垂下的指尖一样，雪花落在湿黑的柏油路上，很快消失得无影无踪。

4
鸟

被巴士载到这里的途中，如同此刻，风也曾突然停歇过三四次。每次我都认为，出于不可知的原因，气象状况会急剧变化。但这种猜测是错误的吗？有什么地方是例外地没有刮风呢？如果现在这一瞬间回到那些地方，会不会像这里一样，在寂静中飘着鹅毛大雪？

我下车之后再次出发的公交车引擎声被雪的寂静迟钝地吞噬。我用手掌擦拭落在睫毛上的雪花，寻找方向。在这条环岛巴士行驶的公路旁，支线公共汽车不会停车。我得想起以前仁善把我载下来时告诉我的十字路口车站的位置。是在哪一个转角拐弯呢？我决定先往前走，不会有迷失方向的顾虑，只要向着山中飘动的巨大雪云团走去就可以了。如果在那个转角处没看见车站，再掉头往回走就行。

太安静了。

如果不是额头和脸颊被雪花撞击、凝结产生的冰冷感觉，我会怀疑这是身处在梦境之中。无论在哪里都看不到人或车辆，难道只是因为暴雪吗？卖鳀鱼汤面和水拌生鱼片的餐厅灯光熄灭，难道因为是星期天吗？倒放在餐桌上的铁制椅子、倒在餐厅地板上的招牌，四处都散发出仿佛长时间停止营业的气息。挂着粗劣招牌的户外用品店拉下铁卷门。服装店的假人模特儿穿着单薄的秋装，挂在衣架上的衣服上方覆盖着米色的布。在这个寂静的小镇上，亮出灯光的只有街角的小超市。

我必须在那家店里买到手电筒和铲子，虽然不知道是不是可以在小商店里买到这些东西，但至少可以问一下购买的方法。运气好的话，也许可以借到，也可以确认进入仁善村子的公交车在哪里停。这时，店里的灯光熄灭，一个看似老板，穿着夹克的中年男子开门而出。他以熟悉的动作把链子缠绕在玻璃门把手上，瞬间锁上大锁。我加快步伐。

"请等一下。"

他坐上停在商店前面的小型卡车，我开始跑起来，不停地擦拭掉落在睫毛上的雪花。

"请等一下，大叔。"

数万片鹅毛大雪似乎吞噬了我的声音。

卡车发动的声音在雪花的寂静中迟钝传开。卡车向着空荡荡的道路倒车，我朝驾驶座挥手，用眼睛追逐瞬间远去的卡车背影。

＊　＊　＊

　　我再也不跑了，就如同雪花落下的速度与时间的流逝一致，我奇妙地感觉自己的脚步也要加以配合，于是我开始步行。卡车到达十字路口之后，往港口的方向右转。我抬头望着山的方向，远处的那个标志牌是我正在寻找的车站吗？

　　在湿黑的柏油路上，我每一瞬间都在横穿数千朵的雪花落下、消失的人行道。走到距离那个标志牌五十米处时，才确定是公交车站。没有任何建筑物可以躲避雨雪，没有标明路线编号和说明，只有画着一个小巴士图标的铝制标志牌挂在铁柱上，迎着风雪。

　　＊　＊　＊

　　我向着车站走去，心里想着，就像风停止吹袭一般，这场雪会不会突然停息呢？但是雪的密度反而越来越高，灰白色的天空似乎正无止境地生成雪花。

　　小时候我读过，要想生成一朵雪花，需要极度微细的灰尘或灰渍的粒子。云不只是由水分子组成，也充满经由水蒸气从地面升起的灰尘和灰渍的粒子。当两个水分子在云层中凝聚成雪的第一个结晶时，灰尘或灰渍的粒子就成为雪花的核心。根据分子式的不同，六种不同的结晶会掉落下来，与其他结晶继续聚集。如果云和地面之间的距离是无限的，雪花的大小也会变得无限大，但落下的时间无法超过一个小时。经由无数次聚集的树枝状结晶之间因为空荡，所以雪花很轻。雪花会把声音吸进那个空间中，让周围实际上变得很安静。由于树枝状结晶向无限的方向反射光线，所以不带任何颜色，看起来十分洁白。

我还记得那些说明旁边所附的雪花结晶照片。为了保护彩色图版，那本书是和薄薄的油纸一起制版的，翻过半透明的油纸后，各种模样的结晶充斥一整页，我被那种精致所折服。有些结晶不是正六角形，而是光滑的直六棱柱的形状，在下端用小字注明在雨和雪的边界上具有这种形态。之后有一段时间，每当下雨夹雪的时候，我就会想起那银色细腻的六棱柱形。下鹅毛大雪的日子，我曾将深色大衣的袖子伸向空中，凝视毛绒上的雪花变成水滴。想到在图片上看到的正六角形的华丽结晶会在其中凝聚无数次，就感到头部眩晕。雪停后，我虽醒来好一阵子，但仍闭着眼睛想象。也许外面还在下雪也未可知。想象自己趴在地板上写着枯燥的假期作业，而房间里竟然下起雪来，落在刚刚拔出倒刺的手上、落在头发上和橡皮擦屑散落的地板上。

奇怪吧？那雪。仁善注视着病房窗外喃喃自语时，她想起的也是这些感受吗？从天上怎么可能落下那样的东西？她询问时并未注视我的脸，像是向窗外的某个人静静地抗议一般；就像雪花的美丽是难以接受的事情一样；就像很久以前在岁末的夜晚也曾经那样低声细语一样。

下雪的时候我总会想起，那个在学校操场上徘徊到夜深的小女孩儿。

仁善头上堆积着雪，好像戴着一顶白色毛线帽。我塞进大衣口袋里的双手冻得僵硬。

每当我们在雪上留下脚印时，就会响起如同盐巴被揉碎的声音。只要下雪，我就会想起那些事情，虽然不愿去想，但总是会想起。

* * *

走到车站的瞬间，我吓了一跳。

本以为没有人，但一位看来至少八十岁的老奶奶弯腰拄着拐杖站在那里。她留着白色短发，头戴浅灰色的毛帽，披着同样颜色的衍缝外套，穿着古铜色带毛的胶鞋。老人歪斜着头注视着走近的我。我向她行注目礼，但她也只是呆呆地看着。我以为她没看见，于是再次打招呼，她布满皱纹的瘦削脸上仿佛露出模糊的微笑，然后迅速消失。

　　她之所以不显眼，可能是因为她站在积雪的树下。浅色的毛帽和外套成了保护色。太奇怪了，公交车行驶在海岸公路的一个多小时当中，没有看到任何树木上积了那么多的雪。因为强风肆虐，雪花完全都被吹走了。是不是因为雪的密度极高，所以风停止后没过多久也能覆盖住树木？

　　我回头看老人视线中空荡荡的十字路口。我和她并排站着，我观察她的侧脸，她也慢慢地转头看我。平淡的眼神，短暂与我的眼睛对视。她的目光不那么亲切，也不是漠不关心，隐约地透露出温暖的眼神，让我不由得想起仁善的母亲。身材矮小、五官精致，最相似的是无心和微妙的温暖互相结合。

　　可以跟她搭话吗？

　　如果是仁善，一定会很容易进行对话。一起出差旅行的第一年，我们负责采访名山及山下村落的风景，无论在什么地方，仁善都会很快和老奶奶们亲近起来。她毫不犹豫地问路、豪爽地分享食物、寻找可住宿一夜的民宿。当我问她秘诀是什么时，她回答：

　　也许是被像奶奶一样的妈妈抚养长大的缘故吧。

　　细细想来，她制作的电影也大多是讲述被称为奶奶那一辈女性的故事。我猜想她们之所以愿意接受采访，是因为受到仁善亲和力的影响。当她们说不下去、凝视着镜头陷入沉默的时候，仁善坦率而爽朗的面孔一定会带着鼓励的神情直视她们。

越南的当地向导为独自住在丛林中偏僻村落的老人翻译仁善问题的场面中，我也在想着画面中没有出现的仁善的面孔。

"这个人问您对于那天晚上有没有想说的话。"

在翻译得多少有些生硬的韩语字幕上方，一位把头发捋到耳朵后面的老奶奶凝视着镜头。她小而瘦削的脸上，眼神特别敏锐。

为了想问您这些问题，她专程从韩国来越南。

老人终于张开嘴唇。她看都不看翻译一眼，以惊人的集中力凝视着镜头回答。

"好吧，我告诉你。"

她的目光穿透了相机镜头，也穿透了站在镜头后方的仁善的眼睛，甚至直刺我的双眼。在那一瞬间，我想那是她等待这次见面的回答，那简短的同意话语里，包含了她全部的人生。

* * *

老人的毛帽上积雪越来越厚。她投以视线的十字路口依然寂静，出现动静的只有落下来的鹅毛大雪。

我鼓起勇气叫她。

"叔叔。"

仁善曾经告诉我,在这个岛上,应该叫长辈叔叔。

大叔、大婶,爷爷、奶奶,这样称呼的人只有外地人。先叫叔叔,即使不会说济州话,听的人也会觉得这人在岛上生活了很久,所以戒心会降低。

"等了很久了吗?"

老人以淡漠的目光转头看我。

"公交车要来了吗?"

双手拄着拐杖的她慢慢举起一只手,指着自己的耳朵,眼睛发光。老人颤抖着摇头,脸上挂着淡淡的微笑,原本紧闭的双唇终于打开了。

雪下得真大啊……

老人不停地颤抖,好像在告诉我不会再和我说话一样。她把视线从我身上移开,远远地望向公交车驶来的方向。

* * *

我觉得她长得真的很像仁善的母亲,不知为什么,我的心凉了半截。

和仁善好好玩吧!

和这位老奶奶相似,仁善的母亲态度谨慎,如果说有一点儿不同的话，仁善的母亲跟我说话的时候使用清晰的首尔话，而不是方言。

无论是何种喜悦或感受到对方的好意，她们都不会放松警觉。就好像即使下一瞬间遭遇可怕的厄运，也已经做好承受的准备，这只有长期在痛苦中历练的人才会具有如此沉痛的沉着性格。

当时仁善的母亲认为我是谁呢？那天晚上仁善告诉我，母亲经常忘记自己有女儿这件事。她把仁善当成姐姐，偶尔会撒娇，说不定她把我当成姐姐的朋友或熟人。如果是这样，我说的首尔话会引起混乱。仁善的母亲对我微笑，满是皱纹的眼皮几乎闭着，眼睛的光芒模糊。她伸出双手想握住我的手，我也伸出了双手。我们双手紧握，彼此对视。她似乎想知道我是谁，用好奇心和怀疑的眼神仔细地观察着我的脸。最终，当我向先放下手、再次温柔微笑的她低头致意时，仁善站在瓦斯炉前。

"在煮什么？"

仁善回答了我的问题：

"豆粥。"她没有回头看我，"各磨了一半，黑豆和白豆。"

仁善开始用长木勺搅着大锅，我走近她的身边，她这才转过脸看我。

"妈妈得多吃蛋白质，但是别的东西不好消化，所以给她吃豆粥。"

"这是黑豆啊?"

"不,这是鼠眼黑豆。"

"这是几顿饭的分量?"

"平常都是按时煮一点儿,但今天你来了,所以多放了些。"

"好棒。"我说。

刚好我的肚子不舒服。

可能是因为旅途疲劳,实际上我的胃很疼。每当这时,就会出现头痛的症状。

"哎呀,"仁善微微皱起额头,"你来得太牵强了。"

我摇了摇头:"不是啊。"

早就想来看你了,原本想这样说,但总觉得别扭,于是就放弃了。在仁善耐心地用饭勺搅拌期间,我只能看着渐渐变稠的黑乎乎的豆粥。

"气味好香啊。"

"吃起来的味道更好。"

仁善带着自信的微笑,关掉瓦斯炉的火。

"要装在这里吗?"

我指着架子上的大碗,她点了点头。我把大碗放在木盘上递给她,仁善用汤匙把粥装进碗里。我们这样并排站在洗碗槽前,好像变成了配合无间的姐妹。

"她吃这么多啊?"

"胃口好的人长寿,妈妈会长寿的。"

仁善双手拿着盘子向母亲所在的卧室走去,我快一步赶到她前面打开房门。进入房间的仁善把手伸向后方关上门,只剩下我一个人。我不知道要做什么,只好来回走动,用抹布擦拭漆了油料的杉木餐桌,摆好两双筷子、汤匙,然后把豆粥盛到碗里,端到饭桌上。我拉出椅子坐下,端详着热腾腾的粥碗。

直到热气快消退的时候,仁善才拿着装有空碗的托盘走回厨房。她和我对视,笑得很开心。

"笑什么?"

看到你这样,我突然想起以前的一件事。

"想起什么?"

把托盘放进洗碗槽后,仁善坐在餐桌对面。

"以前我跟你说过,高二的时候离家出走的事。"

"没错。"

"我不是说过出院回家的时候,妈妈拉着我的手通宵说了好多事情吗?"

仁善似乎在问"你还记得吗",暂时中断话语,盯着我看。

当然记得。在听到这个故事的夜晚,我曾经想象仁善母亲的形象,和刚才第一次问候的矮小奶奶的样子有所出入。可能是因为从棉被里伸出手来,她的手温暖的触感还留在我的手上。四只手掌互相握住,但她并没有完全相信我。我看着热腾腾的粥碗,想着是不是有什么办法让她放心呢?为了让她相信使用陆地语言的陌生人是自己亲姐姐的好朋友,是不是有什么方法可以自然地说出来并付诸行动?

"那时候没跟你说过的事情当中,有一个比较有意思的。"

仁善的脸上依然挂着微笑。

"我被当作无亲属病患住院的时候,妈妈说在这个房子里看到了我。"

"那是什么意思?"

我无法立刻理解,于是问道。

"医院联络妈妈,应该是在我恢复意识、说出名字之后。但是就在前一天,我先回来了。"

沉默了一会儿,我问道:

"所以呢?在梦里?"

似乎在忍住突然要迸出的笑意,仁善的脸颊暂时鼓了起来。

"午夜时分,妈妈来到客厅开灯,我却静静地坐在饭桌前。"

我呆呆地反驳她:

"因为一定会有像现实一样的梦境。"

因为女儿已经不知去向十天,也许只是暂时的谵妄。

"所以呢？她说发生了什么事？"

"说煮粥给我喝。"

"谁？"

"妈妈煮粥给我喝。"

"灵魂会喝粥吗？"

我们同时大笑起来。

仁善说妈妈的想法也一样。边给我煮白粥，边暗中许愿，哪怕我只能吃一口也好。如果能吃热的东西，就不会是死人了，但是我什么话都没说，只是看着白粥，就好像现在的你一样。太饿、太累了，好像连拿起汤匙的力气都没有。

我否认了她的话。

我没有那么饿、那么疲惫。

仁善先拿起汤匙，我也跟着舀了一口，放进嘴里。虽然刚才说不饿，但当香热的粥在嘴里散开的那一瞬间，我感觉到强烈的饥饿感。

"真好吃。"

我不由自主地喃喃自语，仁善带着自信的语调说：

"我再给你盛一些，煮了很多。"

我一言不发地吃了半碗多，抬起头，仁善就好像真的成了大姐一样，用平静的表情看着我。我有些不好意思，于是问她：

"最后吃了吗？"

"什么?"

仁善反问,在我回答之前,她马上想起了那件事,摇了摇头。

"妈妈说我没吃。"

仁善向后推开椅子站了起来,打开冰箱门弯下腰,拿出泡菜桶说:

"妈妈说我就像想吃东西而受不了的孩子一样,眼睛无法从粥碗上移开。因为表情太过恳切,她觉得会不会真的是我死去以后回家的鬼魂。"

仁善把泡菜盛到盘子里,放到餐桌上。我当时觉得仁善的脸比起在首尔的时候更加平静。忍耐和心死、悲伤和不完全的和解、坚韧和凄凉有时看起来十分相似。我想很难从某人的脸上和动作中分辨出这些情绪,或许当事人也无法将它们正确区分。

那个冬天,妈妈经常说起这件事,有一段时间几乎每次吃饭都会说。"这个死丫头,想喝粥的那天晚上回到妈妈这里,吃了一碗粥,又活过来了,呵呵。"

* * *

每当老人凝望着的十字路口的红绿灯交错时,落到灯光前的雪花就会染上不同的颜色。这段时间经过的只有四辆向两侧行驶的海岸环线巴士。从没有听到公交车停下来的声音推断，没有人在这里下车，也没有人上车。

怎么会这么安静？

在海岸公路上坐了一个多小时的车，看到的大海仿佛下一秒就会把岛屿吞噬一样，翻覆着巨大的身躯。带着白色的泡沫从四方涌进的波涛撞击着防波堤，直上云霄。

那样的强风能这样停下来吗？

现在下雪的速度更慢了，似乎与速度成反比，雪花变得更大、更密。每当脱下手套用手掌搓掉睫毛上的雪花时，眼眶就会湿透。视野中的一切都隐隐约约蔓延开来。我弯腰抖落运动鞋上的积雪后，冰凉、湿漉漉的雪花渗进短袜里。

如果气温再升高一些，就会降下密度如同暴雨般的雪。正如同十几年前仁善在越南内陆的丛林里拍摄的，那毫无慈悲折断热带树木的暴雨一样。

从越南回来的仁善整天待在家里进行编辑作业的那年八月，当我去她家看望她时，第一次看到了越南暴雨的影片。我与仁善并排坐在电脑前的时候，窗外也响起了雷声，下起阵雨，所以一时无法分辨出哪个是越南丛林的暴雨，哪个是下在首尔巷子里的雨声。异国的陌生花朵和热带树木的厚叶交相摇曳，雨丝溅起。新出现的混浊水路像江水一样横穿村子中间。把裤脚卷到大腿上的女人穿越被泥水淹没的院子,打开鸡笼的门,用草筐救出鸡崽。当长镜头拍摄长达十几分钟的影片结束时,仁善向受到冲击而说不出话来的我讲述了热带酷暑的故事。

四十摄氏度就像临界点一样。从旅馆出来,如果有数百只飞蛾贴在土墙上,躲避酷暑的时候,这种日子的气温都会超过四十摄氏度,此时出没的昆虫种类也会变得不同。硕大而华丽、让人本能地感觉到身怀剧毒的陌生昆虫在炙热的土地上爬行。如果下雨,就会像装在巨大的水桶里一样倾盆而下。那次暴雨非常特别,连续下了两天两夜。

在完成临时剪辑后,仁善叫了几个好朋友进行预备试映。在影片中,暴雨的镜头被放在回答"好吧,我告诉你"的老人的日常生活之后。老人到院子里清洗煮茶的水壶,抽水之后,井水从水管流出,然后冲洗水壶内外两三次。那天晚上军人来了。第四次清洗水壶时,老人低沉的声音和字幕一起出现在画面中。在证言还没结束的时候,暴雨就开始了。大雨倾盆而下,落在用草编织固定的屋顶上。老人院子里的黄铜水井溅出雨水折射的光芒,茂盛的野生茉莉花在篱笆上晃动。泥水涌进鸡崽拍动翅膀的鸡笼里,女人们卷起湿透的棉布裤管,顶着草筐穿越雨水流动的院子。刚放进篮子里的小鸡头顶像湿毛线球一样晃动。

* * *

刚刚落在戴着手套的手背上，迅速融化的雪花几乎呈正六角形。随后飘落在其旁边的雪花掉落了三分之一左右，但剩下的部分仍保留着四根细致的树枝形状。那些毛茸茸的树枝最先消失，像盐粒一样小，白色中心部位暂时残留，然后凝结成水滴。

人们都说它像雪一样轻，但是雪也有重量，像这滴水一样。也有人说像鸟一样轻，但是它们也有重量。

我想起阿麻停在我右肩上，藏在毛衣线缝里的粗糙脚爪，也想起坐在我左手食指上的阿米温暖而柔软的胸毛。这种与活着的生物接触的感觉很奇怪，既不是被火烫伤，也不是出现伤口，但无法从皮肤抹去。之前我接触过的任何生命都没有它们那么轻。

怎么会这么轻？我询问的时候，仁善摇了摇头，似乎是连自己都不知道。她说，为了减轻重量，鸟类的骨头里有空洞，器官中最大的是气囊，形状像气球一样。

听说鸟类吃得很少是因为胃小，血液和体液也只有一点点，所以即便只是流一点儿血或口渴也会有生命危险。因为瓦斯火花中释放出的一些有害物质也会污染整体血液，所以她们家换成了电磁炉。

就像相信鸟儿真能听懂自己的话一样,仁善降低了声音。

其实也有后悔的时候,如果养了猫或狗,就不用这么小心了。

瞬间,鸟儿从我的肩膀和手指上同时飞起来。我以为它们是在空中振动翅膀,结果阿麻停在仁善的肩上,阿米停在面向院子的窗框上。在它们飞起来之前,挥动自己的身体,我感受着像泡沫一样留在我皮肤上的感觉。我问仁善:

"它们大概多少克呢?"

仁善看着坐在肩膀上的鸟儿回答:

"这个嘛,大概二十克吧。"

不知道为什么那时我眼前浮现出受孕初期胎儿的形象。我很久以前听说过,在感知到心跳时的胎儿体重大概就是这么重。这个时期,在受精卵里蜷缩成圆形的胎儿形状看起来与小鸟极其相似。

第二天早上,仁善用小货车送我到机场。回到首尔,每到无法入眠的夜晚,我偶尔会上网寻找有关鸟类的资料。当时还阅读了题为《鸟类是生存至今的恐龙》的科学杂志报道。地球表面因为与巨大小行星相撞而着火、滚沸时,在覆盖整个大气层、几乎将所有动物和植物都灭绝的火山灰中飞行了几个月之久的生命就是羽毛恐龙——鸟类。我还在相同的时期找到整理现存几乎所有鸟类照片和学名的网站，无意识地读着那些无法再记住的学名，时间因此缓慢流逝。某个夜里偶然找到用简明的线条绘制的鸟类断面图，因为它们特别美丽，所以还储存了图片。身体中间真的有像气球一样的气囊，骨头上椭圆形的洞像笛子的音孔一样穿透。在黑暗中我自言自语道：所以才会那么轻啊！我也因而想起毛衣线缝里的粗糙脚爪。

* * *

偌大的雪花落在我的手背上，这雪是从一千米以上的云端落下来的，那过程中究竟凝结了多少次，才会变得如此巨大？但为何依然如此轻巧？如果存在二十克的雪花，那得是多大的形状啊？

我观察老人如同石像一样双手拄着拐杖动也不动的侧面。她到底站着等了多久了呢？拄着拐杖的手会不会冻僵呢？时间似乎静止了，在所有商店都关上大门的这个寂寞小镇上，活着呼吸的似乎只有站在公交车站牌下的两个人。我突然想伸手去擦拭老人白眉上的雪花，好不容易才压制住这种冲动。我感到一种莫名的恐惧，当我的手触碰到她的脸和身体时，她会不会整个人散落、消失在雪中。

* * *

看起来虽然健康,但也不能掉以轻心。

听说不管有多么不舒服,鸟儿都会装作若无其事地站在架子上。为了不成为捕食者的目标而基于本能地坚持下去,如果从架子上掉下来,那就为时已晚。

仁善神情忧愁地说着,阿麻坐在她的肩膀上。

白鸟的脸虽然朝向我,但并未注视着我。一只眼睛和仁善对视,另一只眼睛看着墙上自己的影子。肩上坐着鸟的仁善影子比实际大近两倍,我觉得很有意思,于是从背包的笔筒里拿出铅笔走近墙壁。

如果不满意的话,等一下我会用橡皮擦擦掉。

我在白色壁纸上沿着影子的轮廓用铅笔画出仁善像巨人一样的头、肩膀和巨大黑鸟的形状时,为了不让线条散乱,仁善静止不动。窗框上的阿米扑棱一下飞了起来,移动到罩灯上。光源晃动,影子也跟着晃动。罩灯一静止,影子也不觉地回到轮廓线内。

"不,不。"

阿米像叹息一样低声在罩灯上说话,似乎是无意中学会了主人重复的话。究竟是在什么情况下,仁善如此反复说话呢?

仁善抚摸着依然坐在肩膀上的阿麻的头说道：

"你们该睡觉了。"

好像约定好的信号一样，仁善开始唱起歌来。第一次听到，好像是旋律熟悉的摇篮曲。在由不知其意思的方言组成的第一小节即将结束之前，阿麻开始哼唱同一小节，变成轮唱歌曲。令人惊奇的寂静中微妙交错的和音断断续续。阿米好像在倾听，一动不动地坐在罩灯上，脸对着我。它的一只眼睛看着在墙壁上移动的仁善和阿麻的影子，另一只眼睛应该是看着在玻璃窗外的院子里因夜晚的光线而摇晃的树木。我很想知道以两个视野生活，究竟是什么样的感觉。会不会像那首轮唱的歌曲，在做梦的同时，还活得像现实一样？

* * *

从眼球内侧开始，经过脖子，连接到僵硬的肩膀和胃肠的痛觉线开始启动。口香糖已经没有糖分了，我在公交车上就已经吐掉，再拿出口香糖嚼，似乎也不会好起来。

我脱下手套，揉搓双手，揉出一点儿热气，然后按摩闭上的眼睛和眼窝。我屈膝蹲下，再站起来，转动肩膀和脖子，挺直、伸展腰部做深呼吸。

我反复往前、往后各走三步，然后回到老人身边。

如果尽快泡在热水里,说不定可以避免胃痉挛。如果可以喝热粥,在温暖的地方伸展身体、放松身体的话……

如果仁善现在不是在首尔的医院,而是在家的话,我想象着。如果她被我的电话吓到,开着卡车来接我的话;对着坐在副驾驶座上按摩眼睛的我说:"你以前喝完豆粥就好了吧?回去喝豆粥吧!"眼角浮现出自信的微笑。

* * *

十字路口红绿灯的灯光更显明亮,落在灯光前的雪花散发出更加鲜明的色彩。天要黑了。

公共汽车终究还是没来。

即使公共汽车现在出现,到达仁善家村落的时候天色也会变暗,很难找到路。

现在该是坐环岛巴士去西归浦寻找住处的时间。如果有周日开业的药店,应该可以买到泰诺止痛药。如果药物也无效,明天上午到内科就诊,也许可以幸运地拿到唯一能治疗偏头痛的处方。

在那之前应该打电话给仁善。

我不自觉地自言自语,热气在雪花间蔓延开来。不,应该发短信，因为仁善很难接电话。也或许在手机振动的瞬间，针正扎进手指。

  钻进眼球内侧的疼痛越来越尖锐。明知没用，但我还是从口袋里拿出口香糖，把两颗正方形的口香糖拿出来，一起放进嘴里咀嚼，但因为觉得反胃又吐了出来。用口袋里的面纸包起来，那是我在飞机上拿到的，一按下去就渗出黏糊糊的液体。

  不，我更改想法，决定打电话。输入文字对仁善来说反而更难。如果通话困难，看护会把手机贴在仁善的耳朵上。就算仁善不使用声带轻声细语，在这种寂静中，我相信她连一句话都不会漏掉。

  应该告诉她我要放弃。我会说正在下暴雪，身体不舒服。仁善知道我的偏头痛会突然袭来，也知道随后的胃痉挛会麻痹几天的日常生活。更何况，对于济州岛的暴雪和交通状况，她应该比我更清楚。

* * *

  当第五个连接音结束时，我按下终止按钮。过了一分钟之后，我再次按下通话键。因为手机老旧，已经过了更换时间，显示电池余量的标识只剩下一格。

  终于有人接了，"仁善啊！"我叫她名字的同时，竖起了耳朵。我听到女人急切的声音，而不是仁善的低声细语。

"等一下再打，等一下。"

瞬间，我出神地看着通话中断的液晶画面。像是看护的声音，而且似乎不是在仁善的那个病房，而是被喧嚣、急促的声音所包围。

我无法判断是什么情况。电池余量只剩下百分之十几，要想再次打电话，就必须充电，我必须去西归浦。

我不自觉地把紧握的手机放进口袋里，我看着老人的侧面。如果公交车已经停止运行，那么在离开这里之前，是不是应该告诉这位老奶奶？她听不到声音，依靠拐杖，应该需要帮助吧？

老人似乎没有感觉到我的视线，依然一动也不动地往十字路口投以遥远的视线。为了搭话，必须接触她的身体。当我伸手要碰触她肩膀的瞬间，老人的脸上出现微动。她那带着全新光芒的视线投向的地方，车顶上积着厚雪的小支线公交车像谎言一样出现，在十字路口转向而来。

* * *

伴随着引擎声，巴士驶近。雪花吸纳了笨重的声响，公交车发出类似用粉笔的末端刮黑板的声音停下，其声响也被雪的寂静吞噬。

前门开启，车内的潮湿暖气涌出，味道扑鼻而来。戴着棉手套、手握排挡杆的司机问老人：

"等了很久了吧？"

他戴着黑框眼镜，身穿藏青色制服，是一名四十岁出头的男子。

"山上有两辆公交车陷入雪里，太冷了，您一直等到现在啊？"

我看着曾经对我做出一样的动作，没有回答只是指着耳朵点头的老人侧面。她拄着拐杖慢慢走上车，我跟在她后面，缓慢地上了公交车。这是一辆没有载人的空荡荡的公交车。

"去世川里吗？"

在刷公交车卡之前我问道。

"是的，会经过。"

在司机更改为恭敬的首尔话语调中，感受到与刚才不同的距离感。

"到世川里以后，能告诉我一下吗？"

"世川里的哪里？"司机反问，"光是世川里就会停四次，村子很大。"

我记不得离仁善家最近的公交站名字，只想起生疏语感的济州语。在犹豫要怎么回答的时候，司机观察我的表情。两支

第一部　鸟

雨刷"嘎吱嘎吱"地刷掉落在前方玻璃上的雪花。

"原本这辆车开到九点,但今天就不再行驶了。"

因为我没有立刻回答,司机再次说明。

"这辆公共汽车是今天进到世川后再出来的末班车。"

可能因为我说外地话,而且行色和情况可疑,所以才告诉我的。我向他致谢。

"虽然不知道车站的名字,但是一到那里我就能知道,待会儿再告诉您。"

我说些自己也不相信的话,刷了公交车卡。我走到公交车里,坐在以拐杖支撑着佝偻的上半身的老人后座。她毛帽上的积雪不觉间融化,每根绒毛都凝结着水滴。

* * *

我回答公交车司机的话并不完全是谎言。

离仁善家最近的车站——虽然步行超过三十分钟——有一棵看起来树龄大概是五百年的大朴树,我也还记得卖饮料和香烟的小店位置。如果不是天完全漆黑,哪怕只有一点儿微光,我也不会看不到那么大的树木而错过。

所以不管现在仁善发生什么事情,我所能选择的最好方法就是去她的家。在那里给手机充电,给她打电话。这也是她最想要的方法。

　　运气真好，我想着。我乘坐最后一班飞机进入岛内，刚刚坐上了送我去仁善村庄的最后一辆支线巴士。我想起在飞机上听到的恋人之间的对话。"这是运气好吗？这种天气？"

　　趁着这好运气，我正掉入何等危险之中？

　　我的头靠在冰冷的车窗上，忍受着就像用钝刀把眼球内侧挖出来似的疼痛。和往常一样，疼痛让我觉得孤立无援。我被囚禁在自己身体每个瞬间产生的拷问之中，因为太过疼痛，我似乎从还没有开始疼痛的时间、从没有疼痛的世界中被分隔出来。

　　如果现在能躺在温暖的地方的话。

　　我想起去年秋天仁善让给我睡的主卧室。好像房间的主人暂时外出一样，被子叠得很整齐，像是为了我而重新洗过一样，有柔顺剂的味道，非常干爽。我在舒适温馨的被窝里沉沉熟睡，却在午夜时分睁开眼睛，突然想确认一下，于是掀开被子，看到应该是历史悠久的生锈锯子还放在那里。

* * *

　　天色正快速变暗，巴士驶入在海岸道路上看到的灰白色雪雾和云团中。不知何时，路边的房子消失，白雪覆盖的阔叶树形成了无尽的森林。

逐渐减速的公交车停了下来。坐在前面的老人站了起来，奶奶没有开口说目的地，司机怎么知道她要下车的地方？难道是因为这是每天都在这里行驶的公交车，所以司机认识所有乘客？奶奶仍然在发抖，挂着拐杖走到后门，回头看我。用不知是模糊的笑容或是无表情的面孔看了我一眼后转身。

在没有人烟的地方让乘客下车，难道没有问题吗？仔细观察，我才看到在树林中用黑石砌成的围墙。在积雪的墙与墙之间有路，沿着那条小路进去的话，会有村子吗？等待老人双脚完全踏上被雪覆盖的地面，司机关上了后门。迎着鹅毛大雪弯腰走路的老人渐行渐远，我转头凝视，直到再也看不见她。我无法理解，她和我既没有血缘关系，也不是熟人，只是暂时并排站着，是个不认识的人，但我为什么会像跟她告别一样，内心动摇呢？

在微微倾斜的上坡路上徐行五分多钟后，公交车停了下来。熄火后，司机拉起手刹大声对我说：

"装上雪链以后再出发。"

风从司机打开、下车的前门吹进来，头痛的程度越来越严重，我的心渐渐麻痹，和那位陌生老奶奶告别的事情不觉间就被抛在脑后了。不安、需要拯救鸟的想法，连对仁善的心都被疼痛完全排除到裂缝之外。

我感觉到天色更加黑暗，灌进车内的风越来越猛烈。暴风雪又开始了。似乎就像那位老奶奶站在 P 邑的车站，散发出寂静的感觉，但随着她的消失，寂静也被收回一样。

树林在呼啸、摇晃着，树木顶着的大雪纷飞。我把仿佛要裂开的额头贴在车窗上，想起在海岸道路上看到的暴风雪。想起在远处水平线上飘散的云彩中，像数万只鸟儿一样低飞的雪花。想起了像要吞噬岛屿一样，卷着泡沫涌上前来的灰色大海。

* * *

还可以做选择。我可以不从这辆公交车上下去，可以和那个司机一起回 P 邑，在那里可以换乘公交车去西归浦。

哎呀，天气这么糟糕……

司机掸了掸头上的雪，走上公交车。坐在驾驶座上，系上安全带，发动车子。前灯亮起，在猛烈的暴风雪中就像匍匐前进一样，公交车开始前行。单线车道在郁郁葱葱的杉树丛中蜿蜒而行，微弱的光线中，数千棵高大树木在雪花中摇摆，仿佛我久远梦中的黑色树木依然活着。

5
剩余之光

雪落下来

落在额头和脸颊上
落在上嘴唇、人中上。

不冰
像羽毛一样的
只有细毛笔尖掠过的重量。

是皮肤结冰了吗?
像死者的脸一样被雪覆盖着吗?

但是,眼皮似乎并没有变凉,只有凝结在那里的雪花冰冻。用水滴融化,浸泡在眼眶里。

* * *

　　我的下颌在颤抖，牙齿碰撞间发出"嗒嗒"的声响，如果把舌头塞进牙缝间，似乎会被咬伤。我睁着湿润的眼睛环视周遭的黑暗，那是和闭上眼睛时一样的黑暗。看不见的雪花掉进瞳孔，我眨着眼睛。

　　我把戴着帽子的头转向旁边，斜躺着。我挽起手臂、弯起膝盖，逐渐活动从脖子到脚部的关节。骨头不像是断了，虽然腰和肩膀很痛，但并不是非常严重的程度。

* * *

　　我得站起来活动，不能再失去体温了，但是我连想都不敢想，不知道这是哪里，连要走的方向都不知道。

　　不知道是什么时候把手机弄丢的。就在灰青色的微光几乎消失时，第一条岔路出现，那时我打开了手机的灯光。因为电量不足，原本只想在必须做出重要选择时使用，但这一瞬间很快就到来了。我分明记得是两条路，但宽度不同的三条路从树林间伸展出来，这让我感到混乱。本以为只要有灯光就能加以判断，但被雪花的白光覆盖的树木却一起垂下阴影，反而让我感觉更加陌生。但是没有时间犹豫，我记得当时没有选择相对狭窄的上坡路，而是选择了稍微倾斜的宽阔下坡道路，于是在三条路当中选择了最宽阔的道路，迈出步伐，而滑入双脚无法触及地面的雪堆，就是在那一瞬间。

我本能地用双臂护住头，手机好像就是那个时候遗失的。从斜坡上滚下来时，头部和身体虽然一直撞击岩石，但没有失去意识。睡袋一样的羽绒大衣和雪堆减少了冲击。

* * *

在如此短暂的时间里，天色就变得如此阴暗了吗？

虽然相信不是，但我是否也在不自觉中失去了知觉？

我举起颤抖的左手，挽起袖子，在眼睛前晃动手表，但我早知手表的时针、分针不会发出萤火，看到的只有黑暗。

我感觉到用钝刀刮眼睛的头痛已经消失，可能是因为受到冲击，分泌出麻醉物质，导致心跳加快，但比起疼痛，更可怕的是寒冷。牙齿无法停止颤抖，下巴关节发麻，似乎快要脱臼。在充满棉絮的连帽大衣里，冰雪的寒气从下方渗透到脖子部位。我用双臂用力抱住扭动的膝盖想着。

我走错路，滑了下来，现在躺着的这条路，好像不是路，而是旱川。在凹陷的地形上结着薄冰，上面积满了雪。这座火山岛上几乎没有河流，只有为数稀少的暴雨和暴雪流淌的干涸水路。仁善曾在散步时说到，以这条旱川为界，原本村子是分开的。据说旱川的一边聚集了四十户左右的房子，一九四八年下达疏开令[1]后全部被烧毁，住民被杀，全村被废。

所以那个时候并不是孤零零的房子，因为过了一条旱川就有村子了。

如果这里是那条旱川，至少不是走错路了。只要能回到刚才的岔路口，就能找到方向。问题是不知道我滑了多远，有可能是三四千米，也有可能是十几千米。如果不是这么黑暗，应该能看清方向。只要口袋里有一个打火机或者一盒火柴就行了。

* * *

不应该从那辆支线公交车下车的。

离我远去的徐行公交车在雪上留下了雪链的轮胎痕迹，但在风雪中看不到车尾的时候，胎痕已经被鹅毛大雪所覆盖，没有留下任何痕迹。

虽然天色已黑，但仍有一点儿灰色光线留在虚空中。那个光线反射在积雪上，还能够辨认事物。虽然村子里唯一的店

---

1 为躲避空袭或火灾，将集中于一处的住民、物资或设施等加以分散的命令。

铺没有亮灯，但门下却透出类似就寝灯的微弱光芒。为了确认里面有没有人，我推了一下推拉门，但门锁着。拍打也没有动静，好像不是带有住家的店铺。

我依靠余光决定方向，开始往前走去。走出大街，穿过被雪覆盖的田墙和漆黑的温室，走进了针叶树林中。那条路是只能让一辆小车勉强经过的道路，积雪的高度到达膝盖。因为踩进雪里之后，必须再把双脚拔出来，所以很难加快速度。运动鞋和袜子很快就湿了，积雪钻进脚踝和小腿。没有可成为地标的建筑，树木渐渐陷入漆黑之中，加上被雪覆盖，所以完全无法辨认树种。现在可以相信的只有上坡和下坡的感觉、变窄或变宽的道路记忆。

值得庆幸的是，在树林里行走的过程中，强风变缓。不停扑面而来、让我连眼睛都睁不开的暴风雪似乎渐渐变得温和起来，到后来几乎平静下来。只有我在雪中迈出脚步、将腿拔出来的声音打破晚上的寂静，伴随着我前行。虽然独自一人让我恐惧，但我觉得如果那一瞬间出现什么东西将会变得更加可怕，不管是野兽还是人。

从树木的高度和轮廓来看，我似乎正经过杉树林。去年秋天，留下正做着木工的仁善，我独自散步到车站。回来的路上，高大的树木被风吹动，发出似乎被布料吹拂过的声音。我觉得这个岛的风就像加入效果的声音一样，总是铺垫着什么。

无论是刮过强风,还是温和地吹拂过树木,就连很少出现沉默的时刻都能感受到它的存在。尤其是在针叶树和亚热带阔叶树混合生长的区间,根据树种的不同,以不同的速度和节奏在枝叶之间穿越,发出无法形容的和声。油亮的山茶叶每个瞬间都在变换角度,反射光芒。沿着杉树树干缠绕到不可测其高度的枫叶藤蔓像秋千一样摇晃,不知躲在哪里的暗绿绣眼鸟像发出信号一般轮流啼叫。

每时每刻都沉浸在更加黑暗的雪地上,我思考着那刮来的风。我每一步都能感受到寂静的背面像墨迹一样渗入,随时都能形成形象,像影子一样清晰的风。鹅毛大雪在微光中不停地降下来,岔路终于出现时,天色真的完全变黑了,被雪覆盖的树木发出令人毛骨悚然的白色光芒。在不停下着的雪中,伸展出三条被黑暗淹没的道路。回头一看,我深邃的脚印在雪地的单行道上,沉浸在静寂之中。

* * *

现在鸟儿会是什么情况?

仁善说今天要喂它水才能救活。

但是对于鸟儿来说,今天是什么时候呢?

"小鸟们像熄灯一样睡着。"

去年秋天的傍晚,鸟儿自由放飞了一个多小时以后,依次进入鸟笼,仁善向我说道。在盖上黑色的遮光布之前,我们先看了鸟儿的眼睛。

它们这样睁着圆圆的眼睛啼叫,没有光以后就会立刻睡着,就好像连接电源一样。哪怕是深夜,只要把这布掀起来,它们就会立刻醒来,啼叫说话。

* * *

羽绒大衣外面的小腿和脚已经不再冰冷。我伸出戴着毛手套的手,抚摸发麻的脚踝。我把双膝往身体方向拉近,为了让外套包住像球一样的身体,不要让寒风进入胸部和腹部,更加密实地蜷起身体,但是连脚都想用外套包住是不可能的。

也许越没有感觉,就越要活动脚趾,也许冻伤正在进行。仁善说在取名为《三面花》的电影中第二部短片的主角——十六岁时独自穿越满洲田野,回到独立军营的老人在旅程中由于冻伤失去了四根脚趾。天空蔚蓝,但强风刮来,原野上的雪粉像暴风雪一样飘扬,额头上固定着小摄像机的仁善走在其中,拍摄的场景后面加入采访的内容。

真的不知道是如何在雪中活下来的。

代替患有阿尔茨海默病的老人接受采访的大女儿的声音与风声、踩雪声重叠在一起。

妈妈总是说在雪里更暖和。在雪里挖坑，在坑里等待清晨。睡着的话会冻死，所以掐着自己坚持下来。

镜头对准了不知道是否能理解身边对话的老人视线。她穿着带有螺钿纽扣的米色毛衫，坐在轮椅上呆呆地看着窗外的阳光。

母亲在平壤的纺织厂工作，她说后来才知道夜校老师们加入了独立军，就跟着去了。老师们看到年幼的学生后，惊讶地问你们来这里干什么。母亲大概是思慕或暗恋其中一位老师，跟着他进入运输组，偷偷从事搬运武器和弹药的工作。他们把武器藏在背包里用火车搬运，还将武器放进谷物袋子，用卡车运送。她和四名队员一起住在河边的宿舍里，有一天不知为何情报泄露，日军突然闯入。她说，日军打开每一扇房门搜索，听到声音后，她和住在最里面房间的组员一起从窗户逃了出来。母亲说，大家一起逃跑，跳进了漆黑的河里，但只有她躲过了射到水里的子弹，对此，她始终无法理解。游过江一看，另一端的岸边只剩下自己。母亲说，只要想到只有自己一个人活下来，像火花一样的东西就会涌上心头，这才没有被冻死。当时湿掉的鞋子始终没有干过，四根脚趾脱落。虽然后来才知道，但既不惋惜也不悲伤。

* * *

除了脚以外,全身都塞进了羽绒大衣里,虽然头和脸颊被帽子包裹得严严实实,但鼻梁右侧和眼皮依然无法阻挡降雪。如果举手拂拭,像球一样蜷起来的身体就会松弛,最重要的是这样蜷缩而生成的暖气便会散去,所以对于积雪不予理会。不停碰撞的下颌发麻,我用牙齿咬着被雪覆盖的发硬袖子坚持着,突然想起来,水不是永远不会消失,一直在循环吗?那么,仁善淋过的雪在扩大后,也许就是现在掉在我脸上的雪。我又想起仁善的母亲在学校操场上看过的尸体,我放松了抱着膝盖的手臂,拂拭鼻梁和眼皮上的积雪。他们脸上的积雪和现在沾在我手上的雪是一样的。

* * *

得思念什么才能坚持下去?
如果心里没有熊熊燃烧的烈火,
如果没有非要回去拥抱的你。

* * *

要不要吃面？仁善这样问坐在她肩膀上的鸟，我记得它很清楚地回答：

"好啊！"

仁善走到冰箱前，打开门从里面拿出一个素面袋子。桌上的阿麻扑棱地飞过来，坐在仁善另一侧肩膀上。仁善拔出一根干面条，折成两半，同时喂给两只鸟吃。她公平地注视着轮流吃着面条的小家伙们。

"你要不要试着喂喂？"

我稀里糊涂地接过仁善递来的面条袋子，鸟儿们就移到我的肩上。像仁善所做的那样，把一根面条折断、同时伸向两只鸟，我不知道应该先把目光投向哪一只，感到有些慌张。每当鸟儿用嘴咬断面条时，就像铅笔芯折断一样，我的指尖感受到轻微的震动。

* * *

不知道，鸟儿是如何入睡和死亡的。

当余光消失时，生命是否也会随之中断？

电流般的生命会留存到凌晨吗？

第一部 鸟

* * *

距离天亮还有多长时间?

令人无法忍受的寒气逐渐消退,气温不可能上升,如同温暖的空气裹着外套一样,睡意袭来。雪花飘落在眼皮上,但对于这样的感觉不知何时变得迟缓,我几乎感觉不到冰冷。

每当迷迷糊糊打起瞌睡松开膝盖时,我都会重新交叉手指。我感觉不到雪花落到脸上的感觉,感觉不到细笔尖般的触感,也感觉不到滋润眼眶的水汽。

在如同波纹一样明亮地蔓延到整个身体的温气中,我像做梦一样重新思考。不只是水,风和洋流不也是在循环?不仅是这个岛,很久以前从远方飘落的雪花不也可以在云层中重新凝结?当五岁的我在K市向第一场雪伸出双手;三十岁的我骑着脚踏车在首尔的河边,被雷阵雨淋湿的时候;七十年前,在这个岛上的学校操场,数百名孩子、女人和老人的脸被雪覆盖而无法辨认的时候;母鸡和小鸡拍动着翅膀的鸡舍里,泥水可怕地高涨,发亮的黄铜水井溅出雨水时;那些水滴、碎掉的结晶和带血的薄冰可能也是一样的,和现在落在我身上的雪花相同。

* * *

三万人。

仁善靠在阳光照耀的灰墙上,双膝直立坐着。相机捕捉到她一侧的肩膀和膝盖,而不是她的脸,大部分的画面都是被白色灰墙占据。那面墙上晃动着不知名的影子,茂盛的长草掠过仁善的薄纱棉衬衫摇晃着。

"中国台湾也有三万人被杀害,琉球是十二万人。"

仁善的声音一如既往地沉着。

我有时候会想起那些数字,想起那些地方都是孤立的岛屿。

灰墙上晃动的光线扩大,画面成了无法再捕捉任何东西的发光平面。

* * *

就像被吸入温暖的光芒一样,每当即将陷入睡眠的时刻,我总会撑起眼皮。我无法分辨眼睛睁不开是因为困意,还是因为在睫毛上和眼眶里结冰的液体。

在昏沉的意识中浮现出许多脸庞,他们不是陌生的死者,而是活在遥远陆地上的人,恍惚而鲜明。生动的记忆同时被播放,没有顺序,也没有脉络,就像一下子涌上舞台,各自做着不同动作的众多舞蹈团员一样,伸展身体冻结的瞬间像结晶一样闪耀着光芒。

我不知道这是不是濒死前出现的幻觉。我所经历的一切都变成结晶,任何部位都不痛了,像展现精巧形象的雪花一样,数百、数千个瞬间同时闪耀。不知道这是如何变为可能的。所有的痛苦、喜悦、刻骨铭心的悲伤和爱情没有相互混合,而是原封不动地、同时像巨大的星云一样闪耀着光芒。

* * *

我想睡觉。
想在这恍惚中入眠。
感觉真的可以睡着。

* * *

可是还有鸟。

有着触动指尖的感觉。
有着像细微脉搏一样敲击的东西。
有着似断非断地流入指尖的电流。

* * *

从什么时候开始又刮起了风?

身体不再像球一样干了,十指已经解开,我举起迟钝的手擦掉眼眶里的薄冰,听见摇动树林的强烈风声,我是因为那声音才醒来的吗?睁开眼睛,我吓了一跳,有微弱的光芒,勉强能与黑暗区分的暗蓝色光芒映照在我脸旁的雪堆上。

已经天亮了吗?

不,我是在做梦吗?

这不是梦,似乎在等待意识的恢复,可怕的寒冷袭来。我剧烈颤抖的身体平躺,仰望着天空。我无法相信,黑暗不再漆黑,雪也不再落下。现在飘散的是已经下过的积雪,之所以能看见那些雪粉是因为月光。风把雪云吹散,苍白的半月在树林上方升起,巨大的乌云随着强风前进。

* * *

像巨大的白蛇一样,从树林中延伸出来的旱川中透出微绿的光芒。为了不向后方跌倒,我深深地弯着腰,一步一步地踏出脚步。月亮在猛烈前进的乌云之间反复出现并消失。所有树木的树梢都接受苍白光芒的洗礼,仿佛不会再暗淡,摇曳地

第 一 部　鸟

发出暗蓝色的光芒，但是，树梢下的树林里却是一片无法辨认的黑暗。我不知道那像是幽远的洞窟、张开嘴的黑暗里装着什么，难道只有数千棵树的黑暗根部吗？难道只有不发出声音的鸟类和野鹿群吗？

终于看到了岔路，没有留下我身体跌落的地方，也没有下滑的痕迹，那期间下的雪覆盖了所有的一切。我像四脚动物一样，双手按在雪地上，爬上岔道。挖得特别深的那个水坑不知在哪里，如果仔细摸索，也许能找到没电的手机，但没有时间了，不知什么时候天气会再次出现变化。

这次没有失误，沿着缓坡下去一小段，顺着变为平坦的路，倚靠着没有人踩过的冰雪反射的月光，我行走着。在咫尺处晃动的树叶声，我的双腿陷入膝盖深的积雪发出的声音，我吸气、呼气的急促呼吸声交织在一起。

* * *

类似脉搏的纤细感觉从指尖开始，逐渐变得清晰起来。

被遗忘的、手掌上留下的感觉也像血液再次流通一样生动起来。

当我无意中抚摸坐在我肩膀上的阿麻的白脖颈时，它的头埋得更低，似乎在静静等待着。

是让你再多摸一摸。

我听从仁善的话,再次抚摸那温暖的脖子,鸟儿像跟我鞠躬一样,脖子更加低垂。仁善笑了。

它要你继续抚摸它。

* * *

又出现一条岔路。当我一脚踏进从树丛中延伸出的白色窄路的那一瞬间,草丛割破我的脸。也许是皮肤被冰冻太久,几乎感觉不到疼痛,但差点儿刺到我的眼睛。

难道又走错路了?难道从这里开始不是路,而是草丛吗?

我用戴着手套的手擦拭眼睛,因为感觉到奇怪的闪烁光芒。我脱下手套,用手再次揉搓,从眼睛下方流出鲜血,但血不是问题,也不是我看错了。摇晃的树枝和草丛在雪花散落之间隐约可以看到明亮的物体。我用一只手拨开草丛,另一只手捂着脸,向前走去。

那边有不知名的物体,发着光的物体。

我在草丛中穿行,看到一条长而弯曲的暗青雪道。沿着树林伸展的那条路越来越亮,走到拐弯处的尽头,发着鲜明的银光。我拼命地加快速度,推开大腿上的积雪,喘着气往前走。到了转弯处再擦拭眼窝,睁开眼睛看着远处的灯光。

那是仁善的木工房。

铁门敞开,灯光从像亮光之岛一样的地方涌出。有谁先来了吗?我颤抖地想着,然后瞬间就明白了。

从那天以后就再也没有人来了。

木工房里开着灯却没有人回答,他觉得怪怪的,于是走进来,立刻看到昏倒在地上的仁善。

他们急忙将流血的仁善装进卡车后车厢,没有人关灯,连关门的时间都没有。

好像在等待某人一样,狂风正灌进敞开的门里,发出耀眼光芒的雪粉被一起吸进木工房里。

6

树 木

　　进入木工房的瞬间，映入眼帘的是斜靠在内墙四周的三十多棵圆木。不是人像立牌，高度大多超过两米，几棵与我体格相似的树木按比例看，像是十二岁左右的孩子。

　　我走进木工房，地上散落着堆叠的圆木。刮进来的雪薄薄地散落在水泥地上，四处溅起的血迹凝结在其下方。仁善倒下的工作台周围鲜血凝固的地方也被雪覆盖。锯到一半的圆木、拔掉插头的电动砂轮机、像耳机一样的隔音器、大大小小的木片被瘀血浸渍，散落在工作台上。

　　这个地方过去始终井然有序地堆放着洋松、杉树和核桃树等圆木。工作台周围的地面上覆盖如同蛋糕粉末的干净木屑，数十种木工工具整齐地挂在墙壁和架子上。仁善认为保持工作空间的清洁非常重要，傍晚六点，忙完一天的仁善会用连接到空气压缩机的空气枪仔细地吹掉头发里的木屑，打开木工房前门，开启大型循环器，将木工房的灰尘排到树林里，木片用扫帚扫到麻袋里，风吹不走的沉重木屑用吸尘器抽出。

在这个地方无论做什么工作,仁善都不心急。她说在湿度高的日子,每个树种都掺杂着浓郁的树木味道,填满木工房。以此为信号,她经常煮水、喝茶。因为树木变得比平时更重、组织更密,只有放慢工作速度才不会发生事故。如此调节缓急,仁善几乎是独自承担所有的事情。她说,像五斗柜一样的大型家具得反复进行七次晾干、上油的工序,只要花充分的时间按照要领进行,就没有必要向任何人求助。

但是这个规模的工作似乎很难独自承担。我曾经对仁善说过,我在梦中看到的黑色树木都是人像立牌的大小,但是她为什么要增加比例呢?

* * *

我回到木工房入口并关上门,锁上门锁,以防被风再次吹开。

我选择没有溅到仁善的血,也没有圆木横置的空间,跨越木工房。我走到通往院子的后门,看到旁边立着的几棵树木都涂上黑漆,好像是为了观察其感觉,所以事先涂上颜料。我觉得那些被涂成不同浓度的黑色树木好像在诉说什么,我以为树木涂上黑漆会睡得更沉,但为什么反而觉得像是在忍受噩梦?

没有涂色的树木沉浸在没有表情和振动的寂静中，似乎只有这些黑树在压抑着战栗。

不知为什么，我犹豫地站在那些让我目不转睛的树木前，但是我不能耽误时间，转开门把，想推开后门，但我打不开。我心想是不是拉开的门，所以从相反方向施力，但门依然纹丝不动。我身体贴在门上，想用自己的体重推开。看到门的上方出现缝隙，我将力量往下方集中，推开被雪挡住的门一拃左右后停顿下来，将手臂伸到门外，拨开积雪，把间隔拉大到可以侧身而出的程度。

如果要看清去内屋的路，就不能把门关上。我踩着深达大腿的积雪向前走了几步，惊恐地停了下来，因为似乎有长条的黑色手臂在院子中间摆动。即使马上意识到那是树木，但还是留下让我惊吓的冲击。

那是像柳树一样枝条下垂的小棕榈树，去年秋天也吓了我一大跳。

我还以为是人呢。

我在内屋的地板上正面看到那棵树而抱怨时，仁善笑了。

凌晨更是那样，明明知道也会吓一跳，心想这个时间怎么还会有人来？

当时刚夜色降临，而不是凌晨。在微光环绕下吹来的柔和的风中，比人稍微高一些的那棵树好像前后挥动着宽阔的袖子向我们走来。

此刻,随着大风的吹袭,这些袖子更是猛烈地飘扬。我的目光从似乎马上就要从雪中爬起身来靠近我的树木移开,用膝盖推开积雪,朝着漆黑的内屋前进。

* * *

在这样的黑暗中,阿麻一定已经睡了。只有我开灯,它才会"哗"的一声啼叫后醒来,就像仁善每天早上掀开遮光布时一样。

当我询问是否鹦鹉本来就这么啼叫时,仁善回答说:

"可能吧,它一开始就这么叫了。"

这声音像暗绿绣眼鸟,我一说,仁善就笑了起来。

"谁知道?不知道是不是从在外面叫的鸟那里学来的。"

她开玩笑地说:

"还好它没学乌鸦叫啊。"

* * *

我走进没有锁上的玄关,在紧闭的中门前脱掉毛手套,放进羽绒大衣口袋里,并从失去知觉的脚上脱掉湿运动鞋。我打开推拉中门,一跨进去,立即用指尖扫过漆黑的墙壁,好不容易才把触摸到的电灯开关打开。

从柱子和木窗的缝隙中不断传来尖锐的风声,反而让人清楚地感受到室内的寂静。面向黑暗院子的宽阔窗户像镜子一样,我的全身反射在玻璃上。我摘下羽绒大衣的帽子,露出满脸鲜血的脸和蓬乱的头发。

客厅后面的窗前有一张仁善用杉木制作的桌子,鸟笼就放在上面。桌子侧面挂着铁环,黑色的遮光布和清扫工具并排挂着。铁笼里设置有用竹子削成、砂纸磨过的两对固定架子和秋千架,为了避免鹦鹉之间产生序列意识,设置在同一高度。

我发出可怕的巨响,划破室内寂静,并向那些空荡荡的架子走去。鸟笼里的水碗、仁善用来盛干果的木器、四角形硅氧树脂桶都空了。数十粒被啄食过的谷子散落在圆形瓷器盘子上。阿麻就在那旁边。

* * *

"阿麻。"

我沙哑的声音在寂静中回响。

"我来救你了。"

我用弯曲的食指把鸟笼的门锁拉开,把手伸向阿麻的头部。

"你动一下。我来救你了。"

* * *

柔软的身体碰到指尖。
不再温暖的身体。
死去的阿麻。

不再发出任何声音。
只剩下我的呼吸声和颤抖的羽绒大衣袖子掠过鸟笼铁丝网的声音。

* * *

我后退着往厨房走去,逐一打开流理台下方的橱柜门。踮起脚从最上面的架子上拿出铝制饼干盒,将里面装着的茶包放在架子上,然后拿着空盒子打开仁善的房门走了进去。

一打开灯,单层床垫、三尺衣柜、五层抽屉柜、用白布覆盖电脑书桌、用洋松木制作的书柜映入眼帘。门旁边的铁制书柜最上面的格子上插着贴有各种标签的资料夹,下面的四个架子上密密麻麻地放着数十个大大小小的纸箱,箱子正面贴着的便条上,仁善用油性笔写着日期和标题。我走过去打开衣柜的门,里面只挂着五六套我熟悉的冬装,包括相机在内的摄影装备占据了大部分空间。我把衣柜的门关上,打开旁边的抽屉柜,从上面第一层开始察看。第一个抽屉里有内衣和袜子,第二个抽屉里是夏装和春秋装。打开第三个抽屉,有一个放有围巾和手帕的篮子。手帕是白色布料,边角落绣着小紫罗兰花,看来非常干净,可能都没用过,我把它拿了出来。

* * *

我走回来,站在鸟笼前。

似乎直到刚才为止,温暖的血液还在流动一样,我在凝视那被真实的寂静所包围的微小躯体时,感觉到那断裂的生命想用它的嘴刺开、进入我的心脏,钻进我心脏的深处,想活在那个跳动的地方。

我用手帕把鸟包起来,能够明显地感受到那冰凉的身躯被包在薄布下的感觉。我将阿麻半张开的翅膀并拢,用手帕再包一次，放在饼干盒中间。虽然已经尽量把它包好，但上方还是张开，阿麻的脸露了出来。

我把盒子放在鸟笼旁边，再次回到仁善的房间，把柜子下面的抽屉打开察看，仍然找不到针线包。我走进仁善母亲使用过的主卧室，打开电灯。房间关闭供暖已久，寒气袭人。就像我以前来过的时候那样，衣柜前铺着褥子，四角对齐折叠的被子放在上面。

我踩着棉褥子走近衣柜并想着，现在锯子还在下面吗？究竟是锯齿击退噩梦，还是噩梦先行避开了那锐利的锯子？

我拉开螺钿装饰四处掉落的旧门，衣柜里依稀夹杂、透出旧布和樟脑丸的味道，在其内侧看到针线包，那是用内里缝着棉花的红色绸缎包裹白铁，经过数千次的开合，表面已经破裂、微黑的圆形盒子。我将上身弯曲，把头部探进挂着暗色旧毛衣和衬衫的下方。拿出盒子打开一看，里面装着带有白、黑线的针头，粗糙模样的顶针，各种纽扣和生锈的裁缝剪刀，以及将马粪纸折成长条状，上面缠绕白色棉线的线团。

* * *

我把死去的阿麻的脸重新包住，为了不让手帕像刚才一样张开，用白色棉线缠住，然后用缝纫剪刀剪掉。打结时因为看不清楚，用手背揉眼睛，才知道有黏稠的汁液流出。被草丛割伤流出的血和液体汇合在一起，我草草用羽绒服的前襟擦拭。酸涩而黏糊糊的眼泪再次涌出，凝结在伤口上。我无法理解，阿麻不是我的鸟，我也从未像感受到这种痛苦的程度深爱过谁。

虽然只是一拃多宽的小盒子，但鸟儿身体本来就小，要想避免被刮伤和撞伤，还需要包起来。我解开脖子上的围巾，将盒子的内侧四面围上。这条围巾又窄又短，并不能完全阻挡灌进脖子里的风，但此刻像是定做的一样填补了盒子的空隙。

我在那上面盖上铝盖，为了不让老鼠和昆虫挖开吃掉，外部也得包起来。我从浴室门口的篮子里拿出看起来很干净的白毛巾包住盒子，把棉线剪成长条，以十字形绑了两次，然后打结。

* * *

如同撒下数十袋白糖般的雪反射着从内屋流泻出的灯光。我拿起靠在屋檐下、被雪覆盖过半的扫帚，一只手拿着装有鸟的盒子，用扫帚扫掉周围的雪，倒下的铁锹露出模样。

应该埋在哪里？

我把盒子放在屋檐下，拿着铁锹想着。

如果是仁善的话,她会埋在哪里?

狂风从脖子灌进身体里,我戴上帽子、弯腰用铁锹铲雪,朝着树枝依旧如同黑色袖子一样飞舞的树木走去。中途停下来伸直腰回头一看,放着盒子的屋檐下,看起来像是穿透了的狭窄窟窿。

终于走到树下。我用铁锹挖开树根前方的积雪,冻得喘不过气来。我走到内屋前拿盒子时,感到心脏跳得异常厉害。

我把盒子放在树木旁,将铁锹插进积雪下方露出的泥土里。用右脚承载体重,插入铁锹,但泥土却一动不动。我把两只脚都抬起来摇晃着,暂时抓住重心,铁锹稍微进去了一些。我反复那样上去、下来,感觉到加上体重的铁锹正一点儿一点儿地进入冻住的土地。我的手臂和腿都在发抖,我知道我得喝热粥、得用热水冲洗之后才能躺下,但是在埋葬鸟儿之前,我无法如此做。

顺着铁锹,我终于触及没有冻住的泥土。铁锹依旧插在地上,我放下铁锹,平缓呼吸并看着天空。月亮消失,在月光的照射下前进的乌云也看不见了。

难道是要下更大的雪?

在那之前要抓紧时间。

我刚挖了一个能放进盒子的小坑,一个湿滑冰凉的东西突然碰到我的脸颊，让我毛骨悚然。像长袖一样垂下的树枝擦肩而过，我仰望树梢，小雪花落在眉间，亮着灯的内屋前方也飘着雪花。

首尔现在也下着这样的雪吗？我想着。是不是像很久以前与仁善在面馆窗户上看到的、像稻米粉末一样美丽粒子的雪在飘落着？我回想起深夜走出地铁站，戴着连帽衫帽子走进雪中的背影。我也想起为数不多打开事先准备好雨伞的行人；不断增加、亮起红色尾灯等待信号灯的汽车；在车道中迎着雪花奔驰的摩托车。仁善在那个没有我的地方，我在这个没有她的地方，这非常奇怪。

如果存在仁善的手指没有被切断的平行宇宙，我现在会蜷缩在首尔近郊公寓的床上或坐在桌子前。仁善可能在单人床垫上睡觉，或者在内屋的厨房里徘徊。阿麻可能站在盖着遮光布的鸟笼里，睡着的身体在黑暗中依旧温暖，胸毛下的心脏一定会有规律地跳动着。

心脏是什么时候停止跳动的？我想着。如果我没有在早川滑倒，在更早之前赶到的话，还能喂它喝水吗？在那一瞬间，如果选择正确的道路走来的话。不，之前如果在客运站多等一段时间，坐上横越山路的公交车的话。

* * *

我用手掌擦拭盒子上的积雪，然后把它放入坑中。土地不平坦，无法放平。我又用双手铲平漆黑的地面，再次将落在盒子上的雪擦掉。好像在等待不会有人发出的下一个信号一样，我暂时蹲着，然后把盒子放进坑里。我用双手把泥土拨进去，直到再也看不见白色的表面。我又用铁锹把刚才挖起的泥土铺回去，手掌使劲儿做成小坟墓，双眼看着黑土的表面很快被雪覆盖。

* * *

我再也没有可做的事了。

几个小时后，阿麻可能就会被冻住，到二月为止都不会腐烂，二月以后就开始猛烈地腐烂，直到只剩下一撮羽毛和穿孔的骨头为止。

* * *

为了关掉木工房的灯和后门，我用铁锹开路时，发现木工房外墙前的东西被大型防水布覆盖着。翻开防水布的角落，里面堆满了数十棵圆木。为了不让它们倒下，在多次捆绑固定的橡胶绳之间可以看到粗糙的树皮。

和木工房里面的圆木加起来就超过一百棵了。

圆木堆上方的灰墙上闪动着影子，那是刚刚在内屋流泻出的灯光照耀下，树根部分埋下阿麻的那棵树木的影子。看着像很多人的手臂一样无声晃动的那个形象，我突然想到仁善在最后一部电影中采访自己的背景就是这堵墙前。在阳光照耀的灰墙上晃动的影子几乎相同。

仁善拍摄那部电影的时间是在回这里生活之前，所以当时的建筑还是仓库。仁善的肩膀、膝盖、颈部的曲线就像错置的拍摄对象一样，安排在画面的边缘，在占据画面大部分的灰墙上，那个影子一直晃动着。那是让人感到紧张的动作。采访对象否认刚才说过的话，像是用力伸出挥动的手臂，然后突然收起一样地晃动。在采访过程中加入意图性、持续性的不和谐声音。

* * *

后来我去了那个洞穴，没找到。

我回忆，并去了好几次，但都失败了。

不，不是梦。

九岁那年冬天是最后一次去。

采访就这样没头没脑地开始，提问被剪掉或者原本就不存在。

这个岛的洞穴入口很小，一个人勉强能够进出。如果用石头挡住，根本不会被人发现，越往里面空间越大，让人吃惊。一九四八年冬天，甚至有的地方让全村人都进去躲避。

就像额头上方戴着摄像机拍摄一样，突然出现了一片树林。摄像机镜头所及之处，巨大的阔叶树在风中出现、摇曳。那些树梢遮住了阳光，森林的下方没有长草，像傍晚一样昏暗。从枝节掉落的巨大叶子、像巨人的关节一样弯曲突出的根部、渗入的阳光在地上形成的静谧花纹之间，画面随着不断踩碎泥土的脚步声移动。

父亲和我习惯去的洞窟没有那么大，最多只能容纳十多岁的人躲避。

白色的灰墙回到了画面上。阳光照射下，仁善的手在膝盖上十指交叉。风暂时完全停息,摇曳的时候像衣袖的一个树影清晰地印刻在灰墙上,形成类似巨大羊齿叶的形象。

我记得空气一直很潮湿。在进入洞穴之前,经常会淋雨或淋雪。从我不记得有过晴朗天气的记忆来看,父亲好像对低气压有所反应,就像只要是下雨、下雪天,关节或肌肉就会疼痛的人一样。

她的声音像细语一般低沉下来。

安静!
这是父亲在洞穴里说过最多的话。

一个像羊齿叶一样的影子在墙上滑动,悄然无声地涌现。

是让我屏住呼吸的意思,就是不要乱动,不要发出任何声音。

她十指交叉的双手松开后再次紧密交叉。

我记得从堵住洞口的石头缝隙中透出光芒,也记得爸爸脱下厚厚的夹克让我穿上。父亲一边把手放在我并没有发烧的额头上，一边低声说道：

"不能感冒，如果集中精神就不会生病，你要牢牢记住。"

我轻声说"回家吧"，父亲以低沉、坚决的语调回答：

"不能回去那个家。"

我问他在这么冷的地方要怎么睡觉，父亲说了我无法理解的话。

"军事作战哪分白天和晚上？"

"妈妈在等我们。"

我说出"妈妈"这个词的瞬间，父亲全身都在颤抖，就像电流传导一样。

"她应该跟着我们一起来的。"

我记得从石头缝里照射进来的光线变得模糊，在完全变为黑暗之前看到父亲的脸。从他仰望石缝的眼睛里、在他铁灰色头发凝结的雨雪中发出像玻璃珠一样的光芒。

能怎么办呢？哪有办法硬要带她来？放过孩子吧！这孩子有什么罪？

虽然我不知道那一瞬间在他脑海中闪过的想象内容，但从他每次得出绝望的结论时，都会抓住我的手可以得知。从他身上流出的安静战栗，就像在拧干衣服的瞬间，感觉像水洒出来一样浸湿我的手。

东西较长的椭圆济州岛地图出现在画面上。一九四八年，在名为"美军记录"的字幕上方，用显眼的粗线画出从海岸线开始标示五千米的警戒线。对包括汉拿山在内的内侧地区进行疏散，并将通行该地的人视为暴徒，不管理由为何都予以击毙，这些公布的内容持续出现在字幕上。其后，没有任何噪声的清晰的黑白无声影像出现。茅草屋顶着火、黑烟与火花一起冲向天空、穿着浅色制服的士兵们背着装有刺刀的长枪，越过了玄武岩田墙。

　　黑暗。

　　黑暗几乎就是记忆的全部。

　　每次睡着、睁开眼睛时都觉得混乱。不久之后，我意识到这里不是家，而是洞穴，看不到面孔和身体的父亲手掌还握着我的手。如果不是那只手，我一定会发出声音。也许是寻找妈妈或是哭泣。因为知道这一点，所以父亲才会握着我的手。在黑暗中，也许他正准备用另一只手捂住我的嘴。即使是在睡梦中，我也不想发出声音，为了不被不知何时会经过那个洞穴前方的搜查队发现。

随后，画面出现在干枯芒草覆盖的山坡道路上，卡车载着民间老百姓移动的资料影片，好像是在追逐那辆卡车的后方车辆上拍摄的。两名背着枪的宪兵站在后车厢前、后，包括抱着孩子的女人和老人在内的数十人紧挨着肩膀坐着。一个五岁左右的短发女孩儿紧贴着看似母亲的年轻女子肋下坐着，一直看着镜头，直到消失到摄影角度外为止。

走去洞穴的时候，如果下起雪来，父亲就会折断箬竹。

在树林的阴影中，仁善的摄像机又以缓慢步行的速度移动。

他让我走在前面，父亲像螃蟹一样侧行跟上，用箬竹叶扫去两个人的足迹。

"爸爸，我们要去哪儿？"

每当我停下来问他的时候，父亲都会用平静的声音告诉我方向。如果进入没有路的山中，他就会背着我，从那时起只会扫掉自己的足迹，爬上斜坡。爸爸背着我，我清楚地看见足迹消失，像魔术一样，就像每个瞬间从天而降的人一样，我们走着，没有留下任何痕迹。

三张黑白照片依次填满画面后消失。

海松林中站着四名身穿白色衣服的男子，四个戴着钢盔的军人正给他们穿上枪靶背心。四组人的模样从侧面施以特写，以立正姿势站立的青年，鼻梁、人中、下巴和脖子连接的稚嫩线条清晰可见。一个青年离镜头最近、脸看起来最大，他的嘴唇似乎十分紧张地闭上，好像才咽下口水一样，脖子的薄皮肤下方喉结凸现。

下一张照片中，青年们穿着靶衣，一个一个地被捆在松树上。照片上的视角比刚才更宽，士兵在不到五米的距离外，以卧姿瞄准靶子。

最后一张照片中，青年的身体扭曲。用绳子捆住的上身向前突出。下巴抬起、后颈歪斜、膝盖蜷缩、嘴巴张开。

爸爸的声音很小。

仁善坐在灰墙前，双手在膝盖上慢慢移动。这是每当陷入沉思时，手背并排放在一起的特有动作。重叠在一起的树枝影子随风摇晃，渐渐变成两根、三根。像抚摸灰墙的手一样，每时每刻都改变方向和形状。

妈妈曾经说过：

"你爸爸是大男人，大概不喜欢我吧。第一次见到他的时候,你不知道他的脸有多帅。不知道是不是因为十五年没见到阳光,皮肤苍白得像蘑菇一样。大家都躲着他,好像是死去的人又回来了一样,只要跟他对视一眼,就好像会被鬼附身。"

只留下声音,仁善的膝盖和手从画面中消失。灰墙上影子的晃动像鞭子一样变得激烈起来。仁善的声音就像私语一样,更加低沉。

每当父亲和往常不同,呆呆地靠在墙上的时候,母亲就会叫我。她随手拿来两三块生地瓜,或黄瓜片,或一两个橘子塞到我手里,说道:

"你拿去给你爸爸,如果他不要,就塞进他的嘴里。"

母亲好像希望爸爸在吃那些东西的时候突然能从幻想中走出来。有些日子这个方法真的行得通。从我手里接过橘子后,父亲只笑到一半。就像生活在两个世界的人一样,一只眼睛看着我,另一只眼睛看着我的身后,仿佛看到另外的光线。即便是黑暗的房间,但眼睛却像迎着刺眼的光线般微微眯着,抬头看着我。

＊　＊　＊

把木工房的灯熄灭，关上门后，我把铁锹夹在腋下，背对着那些每当防水布抖动时，因锯断露出粗糙断面的树木，踩着刚才从内屋走出来的脚印走回去。进入内屋玄关，我抖掉积雪，把门锁上，就好像会有人穿过这积雪和夜色来拜访我一样。

为了把鞋子脱掉，我跨坐在中门的门槛上，头晕目眩，直接将身体往后躺，把光脚放在湿了的运动鞋上，闭上眼睛。一整天以无数角度飘散、掉落的雪花白线像幻觉一样在眼皮内侧重现。

一阵如同呻吟般的风声正从门缝里钻进来，好像有人在摇动似的，门的下端"嘎吱嘎吱"地响。舌根处积着酸酸的唾液，我小心翼翼地侧躺着，平缓呼吸。如果现在不移动身躯的话，也还存在不呕吐的可能。如果现在更深、更缓慢地呼吸的话。

但是我扶着地板爬起来，跑到流理台那边，对着排水口呕吐。因为没吃东西，只吐出胃液。我需要吃药，那一包我现在没有带在身上，但已经准备好，现在放在首尔家书桌抽屉里的药。医生警告我长期服用会危害心脏，但那是唯一有疗效的药。

* * *

　　我用颤抖的手把水壶放在电炉上，关掉客厅的灯，只留下微暗的餐桌灯，此时才看到窗外的雪花。室内和外面的风景在玻璃上重叠，看起来像是一个整体。在木工房外墙上飘动的防水布下摆和挥舞着黑色手臂的树上，摆满了杉木桌和空荡荡的鸟笼。

　　开水煮沸之前，我先在马克杯里倒上一口喝下，然后又喝了一口。我感觉到温水沿着食道而下的感觉，然后在流理台下方躺下。我挺直背部深呼吸，为了不让恶心的感觉再次涌现，我侧躺着。

　　每当深呼吸时，疼痛就会消失，吸气后会再次袭来，感觉就如同将眼球内侧挖出一般疼痛。如果暂时睡着之后，在疼痛中醒来时，骨头的灰白形象就会再次涌现出来。在仁善最后一部电影即将结束之前，埋有数百具骸骨的土坑在没有任何脉络、说明的情况下，特写镜头持续将近一分钟。扶着膝盖的人骨、烂掉的碎布挂在腰上的骨骸、小小的脚骨上穿着胶鞋被叠放在垄沟般的土坑中。

* * *

　　我在发烧，身体发抖得越来越严重，接触到皮肤的一切都在变凉。羽绒大衣袖子的布料掠过手腕时,好像被冰刃划过一样。我把羽绒服脱掉,手表解开,推到墙壁旁边。我跑去浴室,在洗脸台上再次吐出胃液,漱口后用香皂洗手。我洗了将鸟儿掩盖住包起来的手、挖土选择葬地的手、压实坟墓的手。脸上也泼了热水,裂开的伤口又流血了。我用洗脸台支撑着上身,看着镜子里满是鲜血的脸。

很凉吧?

不,很柔软。

我对着镜子自言自语。

像石头一样硬。

每次张开嘴唇时,镜子里被血浸湿的脸就会无声地张开嘴巴。

不,像棉花一样轻。

* * *

玄关门像有人敲打一样"咯噔咯噔"地响,后方的窗户也在晃动。映照在玻璃窗的室内家具上雪花纷飞,防水布在固定圆木的绳索之间像气球一样鼓起。

餐桌灯令人厌烦地熄灭了,黑暗同时抹去室内和窗外的风景。我伸开双臂在虚空中摸索着穿过客厅。墙壁比预想的要

第一部　鸟

远，我找到客厅顶灯的开关，并将其往上拨，灯却不亮。

原来是停电了。

仁善曾经说过，因为暴雪的因素，有时候会断电、断水。她曾说，有时需要等几天才能恢复供电，像这栋房子一般的偏僻住家，一直要到最后才能恢复。

在停水之前，应该先储存好水。我又用双臂在黑暗中摸索，走到厨房去。我打开流理台下方的橱柜，依靠刚才看到的记忆和指尖的感觉找出两个锅子，把它们放在水桶和流理台上的那一刹那，好像有什么东西掉在地上摔碎了，像是刚才使用过的马克杯。

我往锅里倒水，心里想：

如果锅炉熄灭，暖气也会停止。

我用浸湿的手盖住发烫的眼皮，平缓呼吸。蹲着等待恶心的感觉平息，然后用手掌扫掉碎瓷片，向仁善的房间爬去。

* * *

我从柜子最下面的抽屉里找出仁善的毛衣，把那件看不清颜色和款式的毛衣穿在我的毛衣上。我又打开衣柜，随手拉出大衣。从起毛球的表面和长纽扣的形状推断，可能是旧的粗呢大衣。我把最上面的纽扣扣完之后，躺在仁善的床垫上。盖上棉被，忍受着酷寒，每当门窗颤动的时候，就会向着黑暗睁开眼睛思考。如果真的有人来了，一定会发出不同的声音，一定会敲门呼喊主人，不会像现在这样摇晃门框，似乎要将它捣碎。

*　*　*

每当意识消失的瞬间，敏锐的梦境就会浮现。我双手托着被薄冰包着的小鸟，走向洗脸台。水龙头流出的热水瞬间融化了那张脸，我等待它会睁开明亮的眼睛、等待它的嘴巴张开。还会再呼吸吧？阿麻，心脏会再次跳动吧？是啊，喝水吧！

一个梦境消失，另一个梦境又像锥子一样刺进来，变成巨大冰球体的地球发出轰鸣声自转。被沸腾的熔岩覆盖的大陆直接冻结，在永远无法下沉的地面上，数万只鸟在飞翔。滑翔时睡着，每当突然醒来时就扑腾着翅膀，像闪闪发光的冰刀一样划开虚空。

*　*　*

要唱歌吗？阿麻！

我的提问还没结束，鸟儿就开始哼唱起来。阿麻在我的肩膀上唱歌时，我跪着挖地。没有铁锹也没有锄头，用手指挖开冻土，一直持续到指甲碎裂、流血为止。哼唱声突然停了下来，我抬起头来。就像在旱川苏醒时一样，漆黑的黑暗中，湿漉漉的雪花飘落着，落在我的额头上、人中上、嘴唇上。

牙齿相撞，我清醒过来，想起这里既不是旱川，也不是院子，而是仁善的房间。在梦境和现实之间，我想着我需要那把锯子，足以胜过这一切，让这一切都避开我。

"跟仁善一起好好玩吧！"

仁善的母亲在我耳边呢喃。她握住我双手的手像死去的小鸟一样微小而冰冷。

* * *

绝对不要相信鸟儿看起来很健康的样子，庆荷啊。

到最后一瞬间，它们还抬起头站在架子上，掉下去的时候，其实已经死了。

门窗"哗啦哗啦"地响，像是要碎裂一样。不知道是不是风，真的不知道是不是有人来了。好像想把家里的人拉出来，想刺死、焚烧他们，想让他们穿上靶衣绑在树上，那棵挥舞着锯刃般衣袖的黑色树木。

* * *

我是来送死的,我发着高烧想。

我是来这里送死的。

想要被砍杀、被割开、被紧勒脖子而来到这里。

来到喷出火花、将要倾颓的这间房子。

来到像破碎的巨人身体一样,层层堆叠的树木身边。

第二部

夜

1
永不告别

海水正在退潮。

像悬崖一样掀起的波涛并未冲击海岸，代之以猛然后退。玄武岩沙漠向水平线延伸，巨大如坟墓般的海底山峰黑湿闪耀，数万条无法一起被卷走的鱼类鳞片发光、在海里上下翻腾。看起来像是鲨鱼和鲸鱼的白骨、破碎的船、闪闪发亮的钢筋、缠绕在破烂风帆上的木板散落在黑色岩石上。

再也看不到大海了，现在不是岛了，看着黑色沙漠的地平线，我如此想着。

我回头看了看，通往被雪覆盖的山峰倾斜面像扇骨一样展开。所有树木都呈现出如焚烧过的黑色，没有留下任何叶子和树枝，像灰烬的柱子一样默默地伫立着，俯瞰着黑色沙漠。

怎么回事？

不知怎么，我感觉到张不开嘴的压力，我想着。

为什么没有树枝，也没有叶子。

可怕的回答盘踞在喉咙里。

不是死了吗？

为了咽下这句话，我咬紧牙关。扑腾翅膀的小鸟忍住从喉咙里挤出的疼痛。

都死了。

那句张嘴、竖起爪子的话充斥在嘴里。我没有吐出那句像蠕动棉花一般的话语，只是摇了摇头。

* * *

来了。

掉落。

飞扬。

飘散。

落下。

倾泻。

袭来。

堆积。

覆盖。

完全抹去。

不知道噩梦是怎么离开我的。不知道是打赢它们了,还是它们将我碾碎而过。只是不知从何时起,风雪下到眼皮里而已,只是飘散、堆积、结冰而已。

我躺在透入眼皮的灰青色微光中,睁开双眼,凝望西边的窗户。没有明显阴影的阴天光线静静地照亮着房间,墙上挂着的仁善的黑色长大衣低垂着,似乎陷入沉思。

烧退了,头痛和恶心也消失了。就像打了镇静药一样,身体的所有肌肉都松弛了,眼睛下面被刺伤的地方也不再疼痛了。

我把手臂伸到床垫外面,摸了摸地板,像冰块一样,口里吐出白色的寒凉烟气。我扶着地板站了起来,从抽屉里拿出毛袜穿上,把挂在墙上的沉甸甸的大衣披在粗呢大衣上。旧毛衫缝在大衣内里,那是仁善从在首尔的时候就开始穿的衣物。两边衣袖上结着像是水滴的黑色毛绒,右边口袋里还留有尚未干

第二部　夜

透的橘子皮。我把仁善的大衣纽扣全部扣上，每次吸气时，都会闻到扣子散发出的模糊的松脂香味。

我跨过半开着的推拉门门槛走到客厅。透过灰青色的玻璃窗，我看到外面正在下雪，是一场仿佛许多白鸟在无声降落的鹅毛大雪。

* * *

冰箱上方的墙上挂着时钟，时针指向四点，凌晨四点不可能这么亮，应该是下午四点。

口渴了。

我打开洗碗槽的水龙头，但如同之前预料的，自来水已经中断。幸好刚停电时，用锅接的水很干净，我直接喝了一口，接着又喝了两口。感觉凉水在体内蔓延，我站了一会儿，弯下腰把马克杯碎片收拾了一下。

如果要清理散落到远处的碎片，需要扫帚和畚斗。记得仁善把这些工具放在玄关门口，并曾经使用过，于是我穿过客厅走过去。门槛后边鞋柜上的手电筒首先映入眼帘，按下手电筒开关，灯光开启。可能是因为周围还算明亮，光量看起来不够充分。我在想是不是电池快用光了，用手电筒的光柱扫视了昏暗的客厅，突然停止了呼吸。

因为我听到鸟叫声。

在苍白的光柱贯通的鸟笼里,踩在架子上的鸟儿又"哗"地叫了一声。

"阿麻!"

我沙哑的声音散落在静寂中。

"你不是死了?"

昨天晚上把阿麻取出来后,没有锁上鸟笼,我朝着半开着门的铁丝网走去。和昨晚一样,各处散落着干了的稻谷,水碗也依然干涸。阿麻头顶和胸前长出的短白毛看起来像棉花一样柔软,洁白的长羽毛流淌着光泽。它歪着头观察我的双眼像是潮湿的豆子一样闪闪发光。

"我把你埋葬了,昨晚。"

我说道,怀疑这是不是在做梦。似乎在等待那一刻,眼睛下方的伤口为之抽痛。穿透、渗入毛袜的地板寒气像冰块一样,每当呼吸冷空气时,寒气都会扩散开来。我回头看了下下着鹅毛大雪的窗外院子,在那棵整夜积雪,被包得像甲胄一样,无法辨认出原来形象的树下,我把你埋在那里。

鸟儿不可能回来。它怎么可能拨开我包住并绑紧的手帕,解开紧紧缝好的线,打开紧紧盖上的铝盒,解开用毛巾包住后,以十字形捆绑的线?它怎么可能穿过冻结的坟墓和上面的积雪飞起,进入锁着的门,坐在鸟笼中的架子上?

"哗"，阿麻又叫了。它依然低着头，用潮湿的豆子般的眼睛抬头看我。

喂阿麻喝水。

我好像服从仁善几乎听不见的声音，走到了洗碗槽前，把大锅里的水倒进碗里，每一步都溅出一些水，好不容易才回到鸟笼前。在往碗里加水的时候，阿麻一动也不动地等着。直到我拿起还有水的碗后退一步的时候，它才扑腾着飞起来，移到水碗前的架子上。

* * *

"口渴了吗？"

看着阿麻反复用嘴含一口水，望着天空吞咽的动作，我问道。停止动作的小鸟歪着头看我。

死了以后也会渴吗？

当我觉得不可能读懂阿麻那双发亮的黑眼睛的意图时，它又低下了头，张开嘴含了一口水，抬头咽了下去。

* * *

为了查看昏暗的冰箱内部，我打开手电筒。泡好的糯米、半块浸泡的豆腐和少许蔬菜,这些都是仁善为自己准备的食物。她为小鸟准备的东西更多样、更悉心。在不同大小的密封玻璃瓶、透明的小盒子、密封塑料袋里装着各式各样的小米、葡萄干、蔓越莓干、核桃和杏仁片。偶尔当作零食的干细面在冰箱门的内侧,被打开的一包剩下一半,还有两包没有拆开。

什么是小鸟的主食?是每顿都喂这么多,还是搭配两三种给它吃,或者单独给它当零食的是什么?我无法得知。我挑出小米、蔓越莓干和核桃时,鸟笼那边发出了声音。阿麻用嘴巴把半开着的鸟笼门推开,从里面飞了出来,"扑腾"一声,几乎要撞到天花板,在空中画了一个大圆圈,然后落在餐桌上。

仁善曾经说过,喂小鸟非零食的食物时,一定要让它们在鸟笼里吃,否则它们就不会想要进入笼子,从而无法准时让它们睡觉,最终所有规则都会被打破。但是死去的鸟也要遵守那个规则吗?

我从洗碗槽上方的架子上拿出一个较宽的瓷碟,放了一把小米,将蔓越莓干剪得非常细碎之后撒在小米旁边,然后又把核桃捣碎后放在盘子里,用酱油碗装水放在盘子旁边。

"吃吧,阿麻。"

我把盘子放在餐桌上说道。好像感到有什么不对劲儿,阿麻"哔哔"地叫了。

"没关系。"

我说道。

"过来这里吃吧。"

小鸟走近餐桌上的盘子。它先啄食小米，喝水。吃一粒小米，喝一口水，吃两粒小米再喝一口，吃一小块蔓越莓喝两口水。

"你饿了。"

我说出那句话的瞬间，饥饿感袭来。我从密封式塑胶袋中拿出一把干果放进嘴里咀嚼，甜得让我吓一跳的味觉从嘴里蔓延开来。如果不是停电的话，我会打开电炉做热腾腾的食物吃，我想。我要煮米粥，要把浸泡在大碗里的豆腐拿出来煎成金黄色。

* * *

我把属于我的食物——生豆腐和核桃装在小盘子里，放在鸟的对面，把水倒进玻璃杯里，与阿麻相对而坐。我吃了一口用卤水泡过的豆腐，然后问它：

"雪会下到什么时候？"

为了喝酱油碟子里的水，阿麻低垂着像栗子一样小而圆的头部。如果摸它的脖子，感觉应该会很暖和，它绝对不像是死去的鸟。

"这应该不是梦吧？阿麻。"

我看着渐渐变暗的窗外，天空中正下着垂直降落的雪花，根部埋葬着小鸟的树木并未移动，像是被雪覆盖。

这是梦吗？

我向停止吃东西的阿麻伸出了手，它以毫不在意的步履爬上我的手掌。粗糙的脚爪碰到皮肤的瞬间，我的心脏和瞳孔似乎同时被点燃，寒意为之消退。

* * *

我抚摸阿麻的脖子，每当它低垂着脖子，要求再多摸一下的时候，我就会更深地抚摸它。阿麻更深地低下脖子，要求再摸一摸它，直到阿麻不再低头为止。

阿麻好像厌倦了一样，当它飞到窗框上时，我反复回味刚才它粗糙的脚爪在我手掌上留下的一点儿重量和力气，我看着它。

"那里应该很冷吧，阿麻。"

我说道。

风会灌进来。

死后还会冷吗？下一瞬间我想着。如果有饥饿感，也会有寒意吧。就在那时，我想起木工房里的暖炉。如果在那儿生火，肯定会比这里暖和，也可以拿锅子过去煮粥。

"等我一下，阿麻。"

我扶着餐桌站起来说。

"我去点了火再回来。"

阿麻从窗框上飞起来,飞到餐桌上的罩灯上坐下,"哔哔"地长声啼叫。我对着坐在罩灯松弛的电线上,像是在荡秋千的阿麻笑道:

"我马上就会回来接你。"

* * *

我昨晚来往于木工房和内屋之间所留下的脚印,此刻却连痕迹都没有留下。如果想穿越积雪,就得重新开出一条路来。我把被雪掩埋,只看见木柄末端的圆锹拿出来,抖了抖,然后停了下来,因为我这辈子所看过的雪花中最大的一片落在我的手背上。

刚落下来的瞬间,雪花并不冷,几乎没碰到皮肤。结晶的细小部分变得模糊,结成冰时才感受到细微的压力和柔软。冰的体积慢慢缩小,白光消退成水滴,凝结在皮肤上。就好像是我的皮肤吸纳了白光,只留下水的粒子一样。

我觉得雪花和什么都不像,如此细致的组织在何处都找不到。如此冰凉轻巧的东西,直到融化、失去自己的那一刻为止,如此轻柔的东西。

我被莫名的热情所驱使，抓住一小撮雪，将它展开。放在手掌上的雪像羽毛一样轻，手掌泛着淡淡的粉红色光芒，吸收我热气的雪成了世界上最淡的冰块。

我想我不会忘记，不会忘记这轻柔的感觉。

但很快变得让我无法忍受，我拍了拍手，在大衣前襟上擦拭湿透的手掌。顷刻间，变得硬邦邦的手掌在剩下的另一只手上搓揉。我无法点燃热气，体内的热气似乎都从手掌流出一般，胸口颤抖。

* * *

我将木工房后门前方的积雪清除，转动门把，院子的光芒照进被黑暗笼罩的室内。我背着光走进去，打开了手电筒。随着我手臂移动而摇曳的光线照向暖炉，为了不踩到地上的血，我小心翼翼地走了进去。当拔掉插头的电磨机接近平展影子的工作台时，黑漆漆的人体形状显现出来，霎时间我好像被冻住一样停止脚步。

那个黑圆的形状晃动后变长，应该是原本蜷缩着，突然伸展身体所致。膝盖伸直、双脚踩在地上，埋在手臂上的脸朝向我。

……庆荷啊！

仿佛刚从睡梦中醒来的声音在寂静中发出声响。

我也不由得关掉手电筒,并将其藏在背后。因为我反射性地认为,不能让她看到地上的血迹。从后门照进来的灰青色光芒隐约照在仁善的脸上,即使没有手电筒也能看出她的表情。

什么时候来的?

虽然不像在病房里看到的程度,但她的脸色依旧苍白瘦削。我看见她揉着眼睛的右手非常干净,毫无伤痕。

"你怎么来了,连个联络都没有?"

仁善睁着因为阴暗而显得更大的双眼,直盯着我的脸。

"脸为什么受伤了?"

"被树木划伤了。"

哎呀!她叹气时的眼睛变得黯淡。

"电灯为什么不亮?"仁善低声问道,像自言自语一样含混不清地嘀咕着,"我没关啊。"

看着她眉间深深的皱纹,我说:

"停电了。"

"你怎么知道?"

好像不想听到回答,她的目光闪过我的脸,朝向后门外的院子。

"什么时候下了这么大的雪?"

不是在问我,好像是在问自己的声音……是在做梦吗?

她望着像是渐渐变得厚重的如同白鸟般散落的雪花,一动也不动地站着。她终于回过头来注视着我,我看出她凝视我的面孔发生了微妙的变化:静静含着水汽发光的眼睛仿佛霎时流露出过去二十年来珍惜我这个朋友的温情。

"我很少在这里睡着,不知道为什么那么困。"

她温柔地说道,好像在抱怨似的。她似乎很冷,用双臂抱住自己的肩膀问我:

"不冷吗?"

她露出熟悉的笑容,眼角上冒出细小的皱纹。

"要不要生火?"

我默默地看着仁善打开木柴火炉下面的一扇小门,放进小木块。她穿上当作工作服的旧牛仔裤和工作鞋,在高领的灰色毛衣上套上藏青色围裙,上面披着眼熟的黑色棉大衣,没有扣扣子,可能是嫌袖子在工作时碍事,将它往上折了两次,露出干瘦的手腕。仁善用没有锯断、没有缝合、没有流血的右手从铁桶里盛出两撮木屑,撒在木块上。火柴头与宽大的八角形火柴盒侧面摩擦,她说:

"首尔现在连这种火柴都找不到了。"

仁善等待木屑的火烧到木块,她的侧脸沉着而凄凉。

在车站前面的商店买的,好像有几十年了,木头很容易点燃。

很快上蹿的火光照亮她的眼皮和鼻梁。

第二部 夜

* * *

"你坐这里。"

仁善把唯一的三脚椅放在暖炉旁边说道。

"你坐哪里？"

仁善没有回答，而是坐上了工作台。好像不知道电动锯刃上沾有自己的血迹一样，像孩子一样慢慢摇晃着似乎接触到地板的双腿。

我背着手走过去，坐在椅子上。在仁善的目光停留在暖炉的时候，将一直藏在背后的手电筒静静地放在椅子下面。横卧圆木的截面碰到脚尖，旁边血迹上的雪融化了，形成了漆黑的斑点。

我看到暖炉侧面像瞳孔一样穿透的两个风孔，火花在里面飘荡。"咔嗒"一声，传来木块着火、树皮裂开的声音。

"我经常想到你。"

仁善的声音让我回过头，她也正看着那个风孔内部。

"因为太想你了，有时候觉得你好像一直跟我在一起。"

映照在她瞳孔里的火花无声地晃动着。她那什么都不问的态度像往常一样安静、坚定，甚至让我觉得我对她现在想法的猜测可能是正确的也未可知。仁善只是一如既往地在这里制作木器，在首尔收到她的信息和在这个岛上经历的一切都只是亡者的幻想而已。

"本来就想让你看看的。"

仁善指着靠在墙上的树木问道：

"你觉得怎么样？"

我坦率地回答：

"我原本预期是一人高。"

"刚开始我也那样做过。"

我原以为她会把改变大小的理由告诉我，但她却沉默下来。扶着工作台的木板走下来，她轻声问道：

"要不要喝茶？"

我看着大步穿过工作室向树林方向的前门走去的仁善背影。

"如果停电，内屋也会使用固体燃料……但可能会对阿麻有害，我们在这里喝完再回去吧！"

离我越远，仁善的声音也越大。她打开前门，室内明亮多了。她靠着那光线翻着门边的小冰箱，哼唱了一小段我没听过的歌曲。难道又要煮那味道平淡无奇的山果吗？

"主题是什么？"

仁善用木制汤匙将密封容器中的东西盛入水壶之后问道。

"我是说我们的计划。"

她面带微笑地回头看我，把矿泉水倒进水壶里。

这才想起，我从没问过她计划的主题。

我回答：

"永不告别。"

她双手拿着水壶和两个马克杯走过来，反复说着："永不告别。"

* * *

从敞开的两扇小门之间的风道，我看到了火花从暖炉的风孔里猛烈地蹿上来。仁善把水壶放在烫得发黑的暖炉上，水滴从壶嘴流下，瞬间变成水蒸气，发出扫拭沙砾的声音。

我们坐着，没有说话，也没有看着彼此的脸，直到听到水壶的水煮沸的声音时，仁善才打破沉默问道：

"是不说告别的话，还是真的不告别？"

水壶的壶嘴还没冒出热气，要想达到沸点，还需要等待一段时间。

"告别还没完成吗？"

像白线一样的水蒸气开始从壶嘴冒出来，壶嘴盖子"嘎嘎"地反复被顶开。

"你是在延迟告别吗？无限期？"

从前门那边看到的树林下方几乎都变暗了。被雪覆盖、重新获得圆润轮廓线条的树根在微光中隐约发亮。

我想着能不能穿越那黑暗。与昨晚不同,现在我有手电筒,但这期间雪越积越厚,即使安全到达公交车站,也不会有前往P邑的公交车行驶。如果想联络仁善住的医院,就得敲打开着灯的民家,跟他们借电话。我在想,是不是缝合的神经断了?难道是接受了切开肩膀的手术?麻醉出问题了吗,还是有其他医疗事故?

仁善似乎已经放弃等待我的回答,右手戴上木工手套,拿起似乎在生气的水壶,往并排放在工作台上的两个马克杯里倒进热水。

"你还记得担心的事情吗?"

仁善先把倒了热水的杯子递给我之后才问道。不是山桑葚,嫩绿的清茶散发出青草味。

"你不是担心济州是否也会下大雪吗?"

拿着自己的杯子靠着工作台,仁善露出了灿烂的笑容。看着那微笑未消的嘴唇碰到茶杯,我想,灵魂能喝那么烫的东西吗?

"这是什么茶?"

我问道。

"竹叶。"

我也把嘴唇贴在杯子上。当一口茶顺着食道而下的瞬间,我才明白我等了多久,喝着烫舌尖的东西。这种热气浸湿了食道和胃。

"小时候全家人都喝这个代替喝水。"

仁善说道。

大人经常要我去山上摘竹叶,说是对神经衰弱有好处。

我和嘴唇碰到杯子的仁善对视,我想着,这茶也会在她的肚子里扩散吗?如果仁善变成灵魂回到这里,那我就是活着的人;如果仁善还活着,那我就是变成灵魂过来这里。这股热气能同时蔓延到我们的体内吗?

* * *

我猛地向树林转过头去,因为听到了树枝断裂的声音。

"因为停止刮风才会折断。"仁善好像在安慰我。

"因为雪不会飞走,所以树枝无法承受重量。"

青灰色的微光照亮树梢,带着微弱光芒的鹅毛大雪不停地落在那上面。

我又喝了点儿茶,随着胃部添加热气,低垂的肩膀舒展开来,腰也伸得笔直。我端着剩半杯茶的杯子,调整好姿势

说道:

"……我也有好奇的事情。"

仁善把肩膀向前倾斜,是想集中精神听我的话。

"你怎么能在这里生活?"

仁善的身体又稍微向前倾斜了一点儿。

"我是说你一个人在这里。"

她面带微笑地反问:

"这里怎么了?"

我是说在这种没有路灯,也没有邻居的房子里生活。一下雪就会被孤立,断电、断水的房子。这种有着一整夜挥舞手臂的树木,只要越过一条小溪,全村人就会被杀光,房子都会被烧毁的地方。

这些话我没说出口,仁善好像是在安静地反驳我先前说过的话。

"我不是一个人啊!"

我看见静谧的光芒凝结在她的脸上。

"不是有阿麻吗?"

那光芒像是要熄灭,又如残火一般凄凉地复活。

"阿米死了,几个月前。阿麻在过后三天里只喝了水,连它最喜欢的桑葚也没吃。"

仁善暂时中断话语。

"早上明明还好好的,晚上回到内屋一看,阿米的眼睛有点儿模糊。我立刻带它去了医院,但没过一天就死了。"

从树林中流入的微光正在迅速变暗。天色越黑,暖炉的风孔就变得越鲜红。

"为什么连在我面前也装着若无其事的样子呢?明明不舒服,我也不是它的天敌啊!"

她接着说道,眼睛凝视着两个红孔。仿佛看着那些像是瞳孔的东西,这些曾经烧灼她内心的话语就会像熔铁一样流淌出来。

"我们对话了,你也看到了吧?"

仁善走下工作台问道。

"难道什么话都没有说过吗?鸟只是鸟,我也只是人吗?"

她用熟练的动作重新戴上木工手套,打开暖炉炙热的小门。用烧火棍把木块翻过来,火星四处溅射,火花的热气都吹到我的脸上。

但并不是所有都结束了。

仁善的声音从那股热浪中传来。

"还没有分开,还没有。"

* * *

我不知道该怎么安慰她,只能低声问道:

"埋在哪里了?"

仁善关上被烧成鲜红色的暖炉小门,然后回答:

"院子。"

"院子什么地方?"

"树下。"

她抬头望着没有窗户的院子方向的墙壁说:

"不是有一棵你说过像人的树?"

我明白了,也许我亲手挖出雪中的坟墓,也许我用铁锹砸碎枯骨、用铲子将它弄乱也未可知。

* * *

当仁善伸出手时,我一时误以为她是要跟我握手,但她只是示意我把空杯子给她。她把我喝过的杯子和自己的杯子叠在一起,放在工作台上说道:

"杯子就这样放着吧。"

那时我才知道今天我和她的身体还没有接触过。隔了好久才相见的我们总是会互相搂着肩膀,彼此问道这是多久没见面了、怎么过的,在欢谈的时候总是握着手。今天我们不知不觉地保持距离了吗?就像是身体接触的瞬间会被对方的死亡传染一样。

"要喝豆粥吗？"

往前门走去的仁善背对着青幽色的外面问我。

"你不是喜欢豆粥吗？"

仁善伸手将背后的门关上，周围太过昏暗，我看不清她的表情。

"不是要先把豆子泡过以后才能煮吗？"

我转身向正在挂门锁的她问道。

"还有一些，那是我以前泡过冷冻起来的。停电了，搅碎机没法用，应该会吃到完整的豆子，但那也很好吃。"

仁善大步走在前面，我也跟着她走向后门。我只走着她的脚踏过的地方，神奇的是她没有撞到任何树木，也没有踩到血。在跟着她出门之前，我回头看了看暖炉。在烧热的侧面穿透的两个红孔依然像瞳孔一样炽热无比。

在昏暗的门外，仁善正冒雪等着我。雪花像羽毛一样慢慢飘落，在逐渐消失的微光中也能看到结晶的形象。

2
影　子

仁善小心翼翼地打开玄关门,并回头看我。她用食指抵着嘴说:

"阿麻应该已经睡着了,别吵醒它。"

我站在门外看着仁善就着照进房里的微光打开鞋柜,摸索内侧架子的侧面。

"手电筒怎么不见了?"

像个灰心的孩子一样自言自语的她屏住呼吸、发出叹息。

"啊!有蜡烛。"

为了利用余光看清楚,仁善转身朝向我。她从不知道在哪里取来的小火柴盒里拿出火柴,随着摩擦声,火花燃起。仁善用火花点燃新的烛芯,然后把火柴吹熄。

"进来吧。"

她脱下工作鞋、走进客厅,并低声说道。

我关上玄关门,跟着她走进客厅。虽然不是光线,但还不能称之为完全黑暗的影子正渗入玻璃窗里,数千朵雪花似乎吸纳了那些阴影后飘落。

我抬头看着餐桌上的罩灯，阿麻曾经坐在那上面荡秋千。它回鸟笼里去了吗？是否真如仁善所说的睡着了？死了以后还能再睡觉吗？

仁善弯着腰，专心地在厨房的餐桌上滴蜡。烛油充分聚集后，将蜡烛压立在上面，紧紧握住，等待烛油凝固成乳色。

"庆荷啊。"

她低声叫我，头依然低垂。

"能帮我盖上鸟笼吗？"

我抬起脚后跟向鸟笼走去。就像阿麻用嘴巴打开门飞出来一样，门开着。除了散落的谷子和半碗水之外，什么都没有。当我掀开挂在桌角的遮光布、盖上空铁网时，仁善问道：

"它睡得还好吧？"

* * *

我向厨房走去，若无其事地坐在餐桌椅子上，就像某个晚上偶然去了朋友家一样。仁善好像也没有发生任何事情，她在漆黑的冷冻库里翻找东西。如何招待突然来访的朋友吃晚饭仿佛是她唯一的心事。

我看见烛芯吸取摇晃的烛油，冒出微小而静谧的火花，无法与木工房暖炉激烈的火花相比。在摇曳的火花内部，蓝色的烛芯在晃动着，就像一颗脉搏跳动的种子，脉动似乎已经蔓延到昏暗的橘黄色边缘。

我想起小时候曾经把手伸进火里的事情，这个记忆早已远扬。小学毕业前的那年秋天，课外活动老师在吩咐过要格外小心之后，暂时离开科学教室。有孩子说用手指快速穿过酒精灯的火苗，既不烫也不疼。想证明自己勇敢的孩子们排着队，其实心里隐藏着恐惧。有些孩子掩饰不住恐惧，将指尖伸进火里，然后迅速移开。终于轮到我了，我用食指穿过火苗时，它的内部有着令人难以置信的柔软触感和上升的压力。因为是不被允许细细品尝其滋味的刹那间的感觉，为了记住，需要多次更快地反复，一直到锐利的火花越过角质和表皮，渗透到真皮之前为止。

我伸出了手，好像回到那个时候。一种不像是现实存在的柔软瞬间包围了我的皮肤，就在我用手指再次通过火花的刹那，不知什么东西在客厅方向的视野中晃动，我抬起头来。

* * *

小鸟的影子在白墙上无声地飞翔，像是六七岁孩子的身形一样大。扭动的翅膀筋肉和半透明羽毛的微细部分就像用放大镜照射一样清晰。

这个房子里唯一的光源只有我面前的蜡烛，那个影子想要出现，必须有小鸟在蜡烛和墙壁之间飞翔。

"没关系。"

我把脸转向发出清晰声音的仁善。

"是阿米来了。"

她的腰部靠在洗碗槽上，姿势突然透出疲惫不堪的感觉。

它不常来，今天来了。

烛光几乎没有接触到仁善的脸，五官的轮廓在黑暗中被碾碎，看上去像是陌生人灰白而无表情的面孔。

"有时待上几秒钟就走了，有时会一直待到天亮。"

仁善转过身去，似乎觉得这样的说明已经相当充分。她打开水龙头，用模糊的声音抱怨道：

"……连水都停了。"

窗外的微光完全消失，再也看不到青灰色的雪花飘落。昨晚我在那下面埋葬了阿麻，几个月前仁善埋葬了阿米的树木也被漆黑的阴暗抹去。

那个时候我听到声音。

像不知从哪里传来的布条互相摩擦、潮湿的泥块在指缝中揉碎的声音。这和仁善的声音很像。不是此刻我身边的她，而是躺在首尔病房的仁善；好像不是手，而像是声带受伤，只能发出类似无声的声响。

我把椅子往后推,站了起来。不知是想飞上去还是落下,声响像是永远被困在梁柱和地板之间扑腾的影子。我朝向蜡烛和影子之间应该有小鸟肉体存在的虚空伸出手。

不。

无声被堆叠起来,听起来就像是一句话一样。

……不,不。

是幻听吗?在我怀疑的那一瞬间,单词破碎、散落。布条摩擦的声音拖曳着残响,为之消失。

* * *

仁善不知何时坐到了餐桌前。也许是因为靠近烛火的光芒映照在眼珠上,她的面孔突然很显精神,不像是刚才那个似乎很疲惫、靠在洗碗槽上的人。

"去年秋天我来的时候……"

我刚开口,那股勃勃的生气立刻就从她的脸上消失。

当时阿米也说过那句话。

仁善似乎很冷,用双手捂着蜡烛。烛光浸透的手变红,因为光线被遮住,周围变得黑暗。

"是跟你学的?"

仁善张开原本合拢的手指，像鲜血一样明亮的光芒浸润了关节，从手指之间渗出。

"也许是吧。"

仁善反问，把手从蜡烛上移开，霎时间跳脱出的光线照亮了她的脸。

一个人过久了，就会自言自语。

似乎是在征求同意一般，仁善点点头，她接着说：

"有一些话在自言自语以后，为了想否认，养成了大声说'不'的习惯。"

我既没有追问也没有强迫，她似乎被赋予应该正确回答的义务，慎重地选择了下一句话。

"鬼魂不能听到的话、鬼魂听到之后可能会让它实现的愿望……把那些都说出来之后，如同撕掉写在纸上的东西一样。"

"就像使劲用铅笔写字，在纸上留下痕迹一般。"仁善的声音变得清晰起来。

所以阿米一定只听懂了我后面的声音，它也许以为我就是那样啼叫的动物，所以跟着我叫也不一定。

* * *

我没有问她那个愿望是什么，因为我觉得那是我知道的东西。我所挣扎的、每天写了又撕掉的、如箭头般刺进胸口的东西。

"有铅笔吗？"

当我问起时，仁善从围裙口袋里拿出自动铅笔递给了我。我接过时，背后的烛火摇曳，我的影子随之晃动。我穿越客厅，越靠近墙壁，我的影子和鸟之间的距离越发缩窄。以为会碰触到，但最后仍倾斜重叠。

我握着自动铅笔的手伸出影子之外，顺着阿米不断变换脸部角度的轮廓在墙上画线。因为鸟类不是双眼视觉，所以总是移动面孔看整体的形象。到底想看什么呢？只要留下影子，还有什么想看的吗？

我似乎没有用力，但笔芯总是断掉。我用手掌扶着被影子覆盖的冰冷墙壁往旁边走去，并连续按压铅笔的顶部，让新的笔芯露出来，继续画线。为了画鸟的头顶，我必须踮起脚，用力伸展手臂。然后在我画的轮廓线外发现了另一条线。那是去年秋天我画的铅笔线，虽然不太清晰，但像阿麻的头部一样。沿着仁善修长而平缓的肩膀轮廓画出的线条被新的影子覆盖，消失不见。我这时才想到，如果天亮后看到这堵墙，就会因为交叉和重叠的线条，任何形体都无法辨识。

自动铅笔里再也没有笔芯了,我害怕地转身朝厨房走去,因为原本仁善坐的椅子像盖上遮光布的鸟笼一样安静。

但是我看到仁善被黑暗笼罩的肩膀,有规律的轻微呼吸声在烛火后的寂静中传出,空着的反而是我坐过的椅子。

回头看墙壁,好像要从刚才我画的线条中扭身而出一般,新的影子在晃动。黑色的轮廓延伸到天花板,像要滑翔的瞬间,翅膀为之展开。哔,隐约的啼叫声在虚空中回荡之后消失。

阿麻回来了吗?

我看着用布覆盖的鸟笼,心想:

阿麻在哪里?

* * *

我回来坐下,餐桌上的蜡烛微微地变短,三四条烛油沿着蜡烛流下并为之凝结。

……有时候好像还有别人在。

仁善从那些像小石头一样的烛滴中抬起眼睛说道。

好像还有什么东西留了下来,阿米也是这样待了一阵子以后才离开的。

她的提问越过静寂而来。

你也有那样的时候吗?

仁善向前倾斜肩膀时，她映照在天花板上的影子跟着一起摇晃。我意识到影子随着她的呼吸或膨胀或消退，我没有回答这个问题，而是问她：

"什么时候开始的？"

每当仁善集中精神时，我都会看到她的额头习惯性地出现皱纹。是在计算月数还是年数？火苗下满盈、积聚的透明烛油瞬间溢了出来，霎时间变白，像是全新生成的突起一样凝结在蜡烛上。

* * *

"自从看到骨头以后，"仁善说，"……从满洲回来的飞机上。"

这实在是出乎我意料。我原本推测是在阿米死后或者是仁善的母亲去世之后，去满洲拍摄已经过了十年，她还住在厚岩洞的时候。

那年秋天挖出了一些遗骸。

"在哪里？"我问道。

"在济州机场，"仁善低声回答，"……跑道下面。"

我静静地看着她那似乎在询问你是否也还记得的眼神，虽然忘记了正确的年度，但我曾经读过那篇报道，也记得土坑被绑上禁止接近黄线的照片。

我拿了一份放在飞机前门的报纸，坐在座位上，头版下方刊载有现场照片。

* * *

不知何时开始起风了，比起声音，我因为烛光的晃动更早知悉。

环顾客厅，小鸟的影子消失不见。我顺着移动的小鸟头部画出轮廓的墙壁，虽然是因为距离和黑暗，但看起来像是不留任何痕迹地完全空白。

我也看到仁善的视线投向那堵墙，感觉她似乎要突然站起来，大步迈向客厅，为了摘下盖着鸟笼的布并问我："阿麻在哪里？为什么没能救它？"

但是她终究没有站起来，而是把双手伸到自己的眼前，似乎在观察是否有未发现的伤口或疤痕，反复翻转仔细查看。

3
风

坑边的一具骸骨奇怪地映入眼帘。

其他骸骨大多是头盖骨朝下，腿骨伸开趴着，只有那具骸骨朝坑壁斜躺着，膝盖深度弯曲。就像在难以入睡的时候、身体不舒服或者烦恼的时候，我们才会呈现那样的姿势。

照片下面刊载了推测报道，应该是十个人朝着坑口站着，从背后开枪，让他们跌落到坑里，然后再让下一批人重新排好队……如此反复。

当时我想到，只有那具骸骨呈现不同姿势的原因是，被泥土覆盖的那一瞬间，这个人还一息尚存。也许正因为如此，只有这具骸骨的脚骨上还穿着胶鞋。从胶鞋和整体骨骼都不大的情况来看，可能是女人或十多岁的男孩儿。

我不自觉地把那份报纸折起来放进背包里。回家打开行李时，只把照片剪了下来，放进桌子的抽屉里。因为晚上拿出来看太过可怕,只能在阳光灿烂的下午打开抽屉看一眼后就立刻关上。到了冬天,我像是在模仿照片一样,在桌子下面屈膝斜躺着。

奇怪的是,如果那样做,不知从何时起,会感觉房间的温度发生变化。和冬日阳光的照射或暖炕加热后散开的温度不同,我感觉到温暖的气体充斥在房间里。如果抚摸棉花、羽毛和小孩子的嫩肉,手上会留下柔软的感觉;压缩那种感觉并加以蒸馏的话,似乎会蔓延开来……

在那年年度交替的时候,我计划用关于那个人的故事来制作下一部电影。不知道名字、性别和当时年龄的那个人。他的骨架较小,穿着小尺寸的胶鞋,是战争爆发、在济州拘留之后被枪杀的一千多人中的一个。

如果当时他是十多岁的话,出生年度大概和妈妈差不多。我计划好要探讨两人之后发生的事情,关于一个人每天在飞机数十次起降的跑道下晃动,另一个人住在这孤零零的房子里,被褥下垫着锯子度过六十年岁月的故事。

我决定以了解那个人的过程为主轴。我打算先把照片给挖掘组看,然后从询问保存遗骸和胶鞋的地方开始。当时我正读到一百多具的骸骨中,有将近五十具经由他们亲属的基因检查,身份已经获得确认的后续报道,所以我也想到那个人可能就是其中一位，如果真是如此，那么接下来就可以采访他的遗属了。

在那之前，为了对妈妈进行简单的采访，我拿着装备回到济州岛。本来计划把冬天的收获如何结束、睡得是否比以前更好等琐碎的对话作为电影的起始。我不想让妈妈露出面孔，为了不让别人认出是谁，我打算只让她露出耳根、脖子和双手。在整个放映期间，我想妈妈的整体形象只有一个就足够了，那就是在被褥底下藏着生锈锯子，斜躺着入眠的背影。

我下了早班飞机，坐公交车回到家，时间还没到中午。

母亲当时下山去村里帮忙收获改良品种的橘子，要到晚上才会回来，所以我先行准备第二天要进行的采访。我寻找合适的位置时，在仓库的灰墙前放了一把椅子，也安装了摄像机和麦克风，我坐在那里开始说话，进行测试。

我当时并没有想到洞穴和父亲的事情，更何况那也不是平时会想到的事，我无法理解为什么开始讲述那个故事，无法停止，但也无法像行云流水一样继续下去。在那堵墙下面，摄影装备一次能拍摄的时间就那么摸索着用完了。我重复那件事，又重复一遍。

那天晚上睡觉的时候，我才知道现实正和计划走向完全不同的方向。我没有跟妈妈提起要采访的事情，而是第二天凌晨在额头上戴着摄像机去了那个村子。就是我以前告诉过你,那个越过小溪被废弃的村子。

虽然在邻近的地方长大,也去过好几次旱川岸边,但越过那条小溪还是第一次。出乎意料的是,村里没有留下石墙。但是即使没有墙,还是能看出划分房子和道路的部分,因为只有路和房子所在的地方没有长出树木。所有沿着小路兴建的房基看起来都很幽静,后院竹林的树梢无边无际地朝天空生长,还看到了很多以当时来说是相当大的房子的遗址。

在那里不可能找到父亲房子的遗址。

因为没有住址也没有地图。

也因为没有听说过位于村子的哪一边,房子有多大。

* * *

不知道院子里的什么东西被风吹倒,发出厚重的金属声音。就像我放在木工房后门旁边的铁锹。正如同对震动做出反应一样,珠子般的烛油顺着蜡烛流下。

随着风声加大,烛火的晃动就越发激烈。看不见的物体似乎存在于火花和天花板之间,火花似乎非要接触到那物体,并加以焚烧一般垂直蔓延。如果是那么长的火花,不是一根手指,而是整个手掌应该都能通过火花的中心。

我听着屋子里所有窗户与窗框撞击所发出的"哐当"声想象，覆盖院子中央树木上的雪应该会飞走，像硕大的羊齿叶一样的树枝应该会复活并翻飞，伸展于木工房前门外树林中的合抱树也会抖落雪粉而晃动不已。

* * *

那年父亲十九岁。

父亲有三个妹妹和一个弟弟，年纪从十二岁到还在喂奶的阶段，父亲最珍爱的是当年正月初出生的小妹妹，恩英这个名字也是爸爸取的。他劝阻爷爷继学英、淑英、珍英、熙英之后，想要将妹妹取名为顺英的想法。父亲说孩子本来就很温顺，如果名字取得更柔弱，以后要怎么办。

奶奶给他买了一件下摆做过松紧处理的外套，让他穿在冬天的校服外面。春天放假时，父亲为了节省寄宿费用，收拾行李回家后，他会把妹妹放在外套里，带她去外面玩，见到朋友时，就拉开拉链上端，想让朋友们看妹妹像绒毛一样的头发。他也想听到女孩子们看到孩子伸出小手抓住衬衫领子时发出的惊叹声。每当奶奶责备他如果孩子掉出来怎么办，爸爸总说："我一定紧紧抱住，不用担心。如果真会摔倒的话，我一定会

第二部　夜

往后跌倒，妹妹不会有事。"

被军警怀疑在年龄上能与山上三百名武装队员扯上关系的男人只有大儿子，奶奶和爷爷一直很担心父亲。因为据说警察们会闯进每个村庄，抓走年轻男人，以之充当绩效。据说，日本殖民统治时期曾服役的负责思想教育的刑警们仍然留下来，像解放前一样针对一般民众进行拷问。爷爷听说在邑内警察署有高中生死去，之后父亲独自躲在山洞里生活。在洞穴里，父亲白天点着煤油灯看书学习，等候形势好转，他想去报考位于首尔的大学。太阳下山之后，为了不让光线外露，他关灯坐着。午夜时分才回家吃剩饭、睡一会儿觉，天亮之前包好三四个甘薯和一包盐，又回到山洞里。

那个十一月的夜晚，父亲一如既往地走出洞穴回家。越过旱川时，听到哨声，四周顿时变为明亮，原来是村里的房子开始燃烧起来。

父亲本能地知道他哪里都不能去。他藏身在旱川边的竹林中，听到村子空地方向传来七声枪响。父亲看着随后而至的军人吹着号角开始要居民移动。父亲说虽然距离很远，但他认出了牵手走路的两个弟妹。因为更小的孩子走在最前面或因为背着孩子的女人、弯腰的老人摔倒或走不快，导致队伍为之延宕，每当这时，军人们就会吹着哨子、挥动枪托。

直到再也看不见人群，父亲才跑回村里。回头一看，在户数更多的下村也看到火舌燃烧的情况。火光因为炽烈而明亮，连冒出烟气的云层白光都能看到。

回家一看，只剩下房子的墙壁、田墙、石头房子的墙体，其余的一切都在燃烧。父亲一进家门，只见院子里散满了红色的东西，吓了他一跳，原来是因为太过炙热，辣酱缸都炸开了。确认家里没有人以后，父亲跑到听到枪声的朴树下面一看，发现有七个人死了，其中一个人是爷爷。军人将每户的居民名册都加以对照，对于不在家的男人视为进入武装队，屠杀其剩下的家人。

父亲把尸体背回家，放在院子中央，随手抱了一堆竹叶，用它代替布块盖住爷爷的脸和身体，从还有余火的仓库里把木柄烧毁的铁锹拉了出来，等凉了便用铁锹铲土覆盖在竹叶上。

* * *

直往上蹿的橙色火花柔软地扭动着身体，仁善未曾从火花中移开视线，她说：

"我在那部电影里没提到这个事情。"

我点点头。这是事实，在那堵灰色墙壁前，她只讲了在洞穴里看到的黑暗，以及在下雪天足迹立刻被涂抹掉等事情。

"这是妈妈在陷入昏迷状态之前说的话,摄影当时我并不知道。"

脸颊和鼻梁能感觉到风速,餐桌上熄灯的罩灯缓缓摇晃,曾经紧绷竖立的烛火像要熄灭一样蜷缩着身子。好像有什么东西在外面抱着房子,它巨大、冰冷的气息似乎钻进了柱子和窗户的缝隙。

才过一个星期,父亲就被抓了。

仁善的视线从烛光中离开,说道:

"因为父亲再也无法仅依靠洞窟顶端滴下来的水过活,所以在下山寻找烧焦的粮食时遇到了警察,他们是为了逮捕埋葬尸体的人而先行进行埋伏的。"

"那么,他见到家人了吗?"

对于我问的问题,仁善摇了摇头。

"没见到,因为军队和警察的指挥系统不同。父亲在济州邑码头的酒精工厂关了半个月,然后被运到了木浦港。在码头等候的陆地警察当场告知父亲关押地和刑期。"

由于烛光闪烁的阴影,我无法分辨仁善的表情是时刻在变化,抑或只是光影在移动。

"那么,军队带走的人呢?"

"关押在P邑的国民学校一个月后,十二月,在如今成为海水浴场的沙滩上全部被枪杀。"

"全部？"

"除了军警直系亲属外，全部。"

* * *

"还在喝奶的孩子也被枪杀了？"

"因为目的就是灭绝。"

"要灭绝什么？"

"赤匪。"

* * *

好像有人在用力敲击一样，玄关门"咯噔咯噔"地响，蜷缩在烛芯下的烛火突然鼓起躯体。仁善不为所动，将双手平放在餐桌上，十根干净的手指整齐地伸展着，最后她用力扶着餐桌站起来说道：

"我有东西要给你看。"

* * *

我注视着仁善走向自己漆黑房间的背影。在院子里传来东西再次倒下的声音、防水布抖动的声音、口哨般的刺耳风声中,她一步步迈出脚步,就像使用身体某处的触须代替眼睛一样,动作缓慢而安静。

没过多久,仁善抱出来的是放在铁制书柜里的箱子之一。原以为因为太暗,什么都看不见,难道是她记得位置吗?仁善在蜡烛旁边放下箱子,双手打开盖子。她依次拿出写有日期和标题的黄色便条纸、贴有淡绿色和深绿色细长标志的书籍,堆在餐桌上。我看到仁善没有拿出箱底如手掌大小的相框,那是一张身穿西装和连衣裙的年轻男女在照相馆拍摄的黑白照片。

我立即认出坐在木椅上的女人是仁善的母亲。上次见面时,我感觉她是一个形似少女的老人,但照片中的她和当时想象她年轻时的稚嫩脸庞不同,是一个从矮小身躯中流露出温暖和自信的年轻女人。相反地,看起来柔弱的一方是将一只手搭在她的肩膀上、站在她身后的瘦高男人。我看到他的五官像白瓷一样干净,没有双眼皮的大眼睛含着湿润的光芒。我觉得仁善的眼睛和体形很像父亲,其余的则很像年轻时的母亲。

＊　＊　＊

　　仁善在堆叠如小山的书籍中，用指尖扫过一本本书脊，抽出副标题为"细川里篇"的资料集，书名旁边编号为十二，我对这资料集并不陌生。二〇一二年冬天，我第一次看到放置于国立图书馆开架阅览室书架上的该系列书籍。为了写有关K市的小说而阅读国内、国外相关事例的当时，我毫不犹豫地略过以村庄为单位采录的有关济州岛屠杀事件的这些资料集。因为六百页的真相调查报告书和相关总论、包含在附录里的三十多人的证词将我完全制压。

　　仁善翻开贴有淡绿色标志的页面，为了让我能仔细阅读，她把书的方向翻转过来。我接过她递给我的书。

　　　　从我们家看得最清楚，你看，只要坐在客厅，大海和农田都能看得清清楚楚。那天我也在内屋待着，因为不敢开门，所以在窗户纸上挖了个洞偷看。

　　因为阴暗，而且书中的字很小，只有放在蜡烛正下方、脸贴近之后才能阅读下去。几年来因为反复潮湿、干燥，书籍散发出陈旧的气味。

日落时分，两辆卡车载来满满的人，至少有一百名。军人们用刺刀在那块农田画出四方形的线，要那些人都站在里面。站好、不要坐下、排好队，好像是军人们在叫喊，但因为风吹向大海，听不清楚。随着哨声的不断传来，后来人们开始静静地排队站在线里，军人就再也没有吹哨子。

一个看起来像是长官的军人下达了命令，要站在线里的十个人出列，整齐地面对大海站着。我以为是要给他们什么处罚，所以静静地看着。只看见军人们从后面开枪，十个人全部往前倒下。军人又命令十个人出列，大家都不想站出去，队伍就乱了。军人们挥舞着枪托，要大家站好，站在后面的十多个人冲出线外，往我家的方向跑来。

当时我二十二岁，我大儿子才满百日。军人们朝我们家开枪，我紧紧抱着孩子盖上棉被。孩子他爹当时刚进民保团（自一九四八年五月十日选举时组织，直到一九五〇年春天为止，作为当时警察下级、支援组织活动的团体。民保团的起源是乡保团，乡保团在一九四八年五月十日选举前夕，以警察的"协助机关"性质为组织，辖区警察署长实际带领团员，弊端严重。乡保团作为右翼恐怖袭击的帮凶，成为民怨的对象，选举后的五月二十五日采取解散措施，但同年六月又组织民保团，当作警察的辅助团体。民保团也强迫捐款等，引起巨大社会争议。一九四九年十月，当时民保团员达四万多人，由于团员们的专横和暴力越权行为，面临舆论的恶化。一九五〇年四月二十八日李承晚总统表明解散意向，在五月三十日选举后的七月二日采取解散措施，但其后却被改编为"大韩青年团特武队"，继续发挥李承晚政府独裁政治的前卫作用），每天要去警察局工作，直到晚上才会回家。哎呀，只有孩子和我两个人……我那时是第一次，也是最后一次听到那么多的枪声。过了好一阵子才安静下来，我发抖地从窗户洞里往外看，那么多的人全部倒在农田里。军人们两人一组把一具具尸体扔进大海，看起来像是衣服漂浮在海上一样。

* * *

"这本书没有照片，照片另外刊登在这本书里。"

翻开如同《读者文摘》版式的薄书里贴着便利贴的一页，仁善如此说道。我看到在黄色便利贴上用黑笔写下的年份和日期，是十五年前的秋天。

一位蓄着灰色短鬈发、身材结实的老奶奶在黑白照片中，坐在地板上补织渔网。从只拍到木讷的侧面来看，似乎老人不允许拍摄正面照片。可能是因为不是口述录音而是采访报道，照片下面单独摘录的证词被翻译成标准语。

> 我不吃海鲜，那个时局正处于荒年，加上还得喂奶，我如果不吃的话，就没有乳汁，孩子就会饿死，所以只好看到什么就吃什么。但是从生活稍微变好开始，一直到今天为止，我连一口海鲜都没吃过。那些人不都是被生长在海里的东西啃光了吗？

轻薄的有光纸反射着烛光，看起来更加明亮，而且字体比刚才读到的稍大，阅读起来相对容易。我只选读正文中引号里的部分，虽然内容与前面的证词大致相同，但也有增加的内容。

> 我怕子弹飞进房间，所以蒙着被子，但总是想起队伍里面还有孩子在，心里很紧张。我看到有几个女人抱着像我儿子一样大的孩子，也看到似乎是处于临盆前、抚着肚子的女人。天色变黑时，枪声停了下来，从窗纸的洞往外看，军人们正把浑身是血、倒在沙滩上的人扔向大海。刚开始以为是衣服漂浮在海

上，但那些都是死人。第二天凌晨我背着孩子瞒着丈夫去了海边。感觉一定会有被卷上来的婴儿，所以仔细找了找，但没看到。人那么多，连一件衣服、一双鞋子都没穿。枪决的现场在夜间被退潮冲走，干净得连血迹都没有。我心想，原来是为了达到这个目的才在沙滩上射杀。

* * *

在餐桌上的书籍中，仁善拿起最厚的单行本。装帧设计比较洗练，像是最近十年发行的书。

这是那位老人最后的证言。

仁善翻开贴着亮橙色标志的书页后，出现了一张老人的彩色照片，她的头发像白鸟羽毛一样稀薄。肌肉消失，体形变得跟孩子一样，看起来几乎是另一个人。她背靠着同一间房子的柱子，从她扶着膝盖的身上感受到呈现生命力的地方只剩下对着镜头睁开的双眼。

* * *

以后不要再来找我了，该说的都已经说完了，为什么还总是来找我?

之前没说过的事情?
……有什么没说过的啊?

刚开始是什么研究所的人来找我,拜托我说什么没有几个人亲眼看到,在过世之前不说的话,以后谁都不会知道。我觉得这句话没有错,那时候就第一次回答了。可是有了第一次,其他地方的人也都来了。我虽然知道他们问完我以后就离开,剩我一个人心乱好几天,但我还是都说了。

我丈夫如果还活着,一定会觉得厌烦,但他过世得早,没能阻止我,他也不可能从坟墓里跑出来。如果有鬼魂的话,在梦里也有可能劝阻我,但我从来没做过那样的梦。

我丈夫在那时候没有受到迫害,因为他是军人,去战场以后差点儿死掉。当时的济州岛民有很多都去加入海军。反正如果待在岛上,要么是被军警抓走杀死,要么是加入民保团,跟着军警看到那些惨不忍睹的事情,不就是两者之一?说是只要离开岛上,哪怕是一天，都能够睡好觉。我丈夫是济州岛上最先申请自愿入伍的，三年期间不知道他的生死，没有任何消息，三年过后终于回来了。他的运气好，济州岛有很多人都战死了。听到很多人窃窃私语说济州岛人都是赤匪，很难顾全自己的生命。

战前我丈夫跟着军警干了什么事情，他从来没跟我说过，我怎么会知道？因为不是他自愿跟着军警的。他当时跟几个人一起建筑城墙，警察过来挑选了几个人。因为当时不是现在这样的世界，人家命令什么就得服从。

西青——就是西北青年团[1]——的人很残忍，听说就算是一直一起行动的民保团成员，只要看不顺眼的也会被杀掉，这让我很担心。我还听说过，他们在派出所的院子里用刺刀将女人刺死，还让民保团队员都用竹枪捅她们。我常常对丈夫说，绝对不能做那些会跟别人结怨的事。我丈夫总说，他只是做翻译的事情，因为西青的人听不懂济州话，济州岛的人也听

---

1 于一九四六年十一月三十日在首尔成立的极右反共团体，正式名称是"西北青年会"。以当时日本殖民时期失去经济、政治既有权利而南下的地主家庭出身的青年为主轴组建。西北青年团帮助警察遂行查找左翼分子等任务，每当左、右翼发生冲突时，都起到右翼阵营先锋的作用。

不懂西青的人说的话。在疏散居民、焚烧山中树木的时候，我丈夫也会去挨家挨户敲门，要居民快点儿出来。奇怪的是，从那时开始一直到他去当兵前为止，他从来不抱我们家的孩子，说是碰到的话，会给他带来厄运。他甚至说连目光都不能有交集，所以看都不看孩子一眼。

我丈夫生前从来没有骂过军警，好与不好，他根本没说过，但他一听到"赤匪"几个字，就觉得很厌恶。他说武装队那些人做过什么好事？杀死几个警察和他们无辜的家人之后，就逃到山上去，但那个村庄的二三百人却被报复而集体牺牲。说是要建造地上乐园，但是那简直就是地狱！什么乐园？

对于那一天看到的事情，我从来没跟丈夫说过。对一个半夜才安静地回来，背对着我蜷缩起身体睡觉的人，还能说些什么？

只有一次，在研究所的人来找我之前，我曾经说过那天发生的事情。当时还喝着奶的儿子已经上了中学，也就是过了十五年后。

早晚都刮着风，白天的阳光还很炙热，我在大门前晒着红辣椒，突然有一个陌生男人来找我。说是有话要问我，他恭敬地说，在战争爆发之前，我们是否也住在这里。

那时是军事革命时期，是一个谁都不会吭声的时代。如果我回答是从别的地方搬来的也就好了，但我本来就是没有什么心机、不会说谎话的人。而且我看他也不像是从官厅里来的人，不管是眼睛还是声音，都不像是能杀死一只虫子的人，所以我让他先进来。他坐在门前的石阶上，因为男女有别，我把大门敞开，生怕别人会听到，所以轻声问他有什么事。那个人吞吞吐吐地道歉，莫名其妙地找上门来，说什么很抱歉，不该打扰您。哎呀，我的个性非常直爽，受不了那种繁文缛节。于是跟他说没关系，快问吧，问了以后就赶快走吧。那个人开口了，问我那天有没有在沙滩上看见孩子。

听到这个提问，我心口一紧，胸前好像被熨斗压住一样，喘不过气来。又不是我犯罪，不知道自己为什么会眼睛模糊、口干舌燥。明明知道应该跟他说没看到，让他赶快离开，很奇怪的是，我竟然想回答这个问题。就好像我一直在等候这个人，这十五年只为了等着有人来问我这个问题。

所以我如实回答了。确实是有看到孩子。我结结巴巴地回答，心脏狂跳，好像就要裂开。但那个人反而静静地待了半晌。后来问我有没有听到婴儿的哭声。

第一次见到这个人，要是我丈夫知道就完蛋了，但我就像失魂落魄的人一样，又回答了他的问题。虽然没听到哭声，但是看到女人抱着孩子站着。我真的看到了，三个女人紧挨着沙滩上画的线，紧抱着婴儿站着。七八个看起来像四岁、七岁，最多十岁的孩子聚在那里。孩子们抬头看女人，偶尔张开嘴巴，不知道是在说什么还是在哭。因为风是朝海边吹，所以听不见声音。

那个人只是一动也不动地坐着，我心想他应该是没有问题要问了。可是他再次问我，有没有被海水卷上来的孩子，就算不是那天，隔天，再隔一天。

我再也没有力气回答他了……我原本想问他为什么要问起十多年前的事，但是却开不了口。我好不容易才回答他没有任何人被卷上来，那时我才看到那个人的衬衫从脖颈到后背全部都湿透了。

我去厨房盛了一碗水来，可是那个人没有接过去。他的双手发抖，放在膝盖上，即使勉强接过碗，可能还没碰到嘴唇就会打翻。他可能是因为知道才没接过去,我虽然也知道原因,但也不能无情地把水拿去倒掉,只能站在原地好一阵子。

我心想孩子们马上就要从学校回来,快走吧;我丈夫如果知道,我就完蛋了,拜托在那之前快走吧。我重新回到厨房,把碗放下,按了胸前几次。出来一看,那个人不见了,我坐在没有留下任何痕迹的石阶上,看着蓝色的大海,好像还会再听到那个人的脚步声,但我不知道自己是在等待,抑或在害怕。

4

静 寂

睁开眼睛的瞬间,让我惊吓的是黑暗。埋首在书里的时候,我忘记了此处是何处,我甚至没有察觉到在这期间,风已经停了。我呆呆地抬头望着好像原本就要破碎一样颠颤的黑色玻璃窗,仿佛是在梦中突然开启另一扇梦之门而进入的寂静。

烛火再也不摇晃了。淡蓝色种子般的烛芯凝视着我的眼睛。蜡烛又融化了近半根手指的长度,几条珠子带状的烛油流到餐桌上凝固住。

"我也去过那个住家。"

弯着背、坐在对面的仁善说道。

"什么时候?"

"前年。只有她儿子儿媳住在那里。"

如同用舌尖吐出一个个单词,以之推开寂静,她回答。

进行这个采访的冬天,那位老人去世了。

清澈堆积的烛油随着新的珠带流下来。

有一件事情她误会了。

仁善转头看着内屋,我也跟着回头看。从半开着的推拉门看到的内部只有黑暗。

"我从父亲的经验来看,手部颤抖得无法接过水碗,并不是因为那一瞬间的感情。"

仁善把拳头放在心脏的位置上说道。

"父亲曾经把比这个稍微大一点儿的石头加热后放在这里,靠在内屋的墙壁坐着。他说比起躺着,这个姿势更能让呼吸顺畅。"

我看到仁善放在黑色大衣上的苍白拳头上突显出淡青色的静脉血管,拳头比石头更像心脏。

"石头如果凉了,爸爸就会叫我。我拿着微温的石头去厨房,妈妈接过之后会放进锅里煮。我记得自己一直看着黑石上密密麻麻的洞,直到它起泡为止。妈妈把热水倒掉,把石头包在抹布里,我接过之后,拿去给爸爸。"

仁善的拳头从胸前移开,像放下心脏一样,静静地放在餐桌上。

"他心脏不舒服吗?"

"他一直服用心绞痛的药,最后得了心肌梗死。"

她淡然地回答。

双手发抖也是拷问的后遗症。

第二部　夜

* * *

看着仁善张开拳头，慢慢地合上书籍，我忽然想起来。

这些资料是从什么时候开始收集的？

我前年去拜访那个位于海边的住家，所以应该是在那之前开始的。虽然可以在道立图书馆或四·三研究所阅览或借阅，但是为了收藏，需要另外的努力。如果想找到没有数位影印的杂志，就得去旧书店翻阅或联络首尔的杂志社，跟他们购买过去发行的库存。这些对仁善来说，应该不是很困难或生疏的事情。在用最少的预算制作电影的十年期间，调查资料和联络相关人士，一切都是她独自完成的。

下一瞬间我想，她是不是在准备拍摄电影？难道是想重新拍摄或补充最后一部电影所做的基础工作？

* * *

但是在我问完这个问题之前，仁善恬静的面孔变得僵硬。

我没想过要做那些事。

她的双手手肘支在餐桌上，十指交叉放在下巴和下嘴唇上的动作，我突然觉得和刚才看到的照片中的老人有些相似。眉间皱纹深刻的额头和固执的表情几乎与最后一次和观众对话时相似。没有受到太多好评的仁善最后一部上映电影的副标题是"寄给父亲历史的影像诗",这句话出自电影节企划人的友好评论。但当时仁善也像现在一样,眉间呈现了深刻的皱纹,她反驳了这个副标题——这不是为了父亲而拍的电影,也不是关于历史的电影,更不是影像诗。主持人似乎吓了一跳,微笑着圆滑地问道:"那么这部电影是在探讨什么?"我不记得她是怎么回答那个问题的,只是每次想猜测她放弃拍摄电影的理由时,我都会想起那天仁善的脸。主持人夹杂着困惑、好奇心和冷漠的态度以及观众席上迷惑不解的沉默,仁善似乎受到只能说出真相的诅咒,慢慢地继续回答下去。

* * *

"在过去四年里,除了我们的计划之外,我没有想过别的。"

松开十指,从下嘴唇上放下来,仁善说道。这次是我制止了想继续说下去的仁善。

"仁善啊,不是说好了不做了吗?"

我想起去年夏天我打电话告诉仁善,要她放弃那个计划时,她在电话彼端可能浮现出的无法接受的表情。

那时候不是说过了吗?一开始就是我想错了,我想得太单纯了。

仁善没有立刻反驳，而是闭上了眼睛、整理思路。不一会儿她睁开眼睛沉着问道：

"那你现在怎么改变想法了呢？"

"在那一瞬间，我仿佛被开关打开，梦中的感觉重现，我屏住呼吸。运动鞋鞋底似乎踩到从白雪覆盖的地上渗出的水，霎时间涨到膝盖，把黑树和坟墓笼罩起来。"

"梦是可怕的。"

我降低声音说道。

"不，梦是可耻的，因为会不自觉地把所有事情都暴露出来。"

"我觉得这是个奇怪的夜晚，我坦白了从未对任何人说过的话。"

"每天晚上噩梦都会将我的生命盗走，好像活着的任何人都不再留在我身边。"

"不是啊。"仁善打断我的话，插嘴说道，"对你来说，现在并不是所有活着的人都不在你身边。"

她的语调很坚决，好像在生气，水汪汪的眼睛突然一闪，穿透了我的眼睛。

"……不是还有我吗？"

* * *

我闭上眼睛,因为在想到是不是连仁善都要失去的那一瞬间,我感受到宁静的痛苦。

我二十四岁时,第一次和同龄的仁善见面,她毕业于当时是二年制大学的摄影系,然后就开始进入社会工作,几乎在所有方面都比我成熟、有能力。虽然我没跟她说过,但有时觉得她像是姐姐。为了采访名山及山下的村落,我们第三个探访的名山就是月出山。在开始登山之前,我患上胃痉挛的时候,第一次出现这种感受。仁善从灵岩邑内唯一的药店里买回镇痛剂和抗痉挛剂,然后在原味酸奶上放上塑胶汤匙,一起递给我后说道:

"药师给的是胃肠药,但不知为什么,我总觉得吃那药会吐得更严重,所以买了这个。"

吃了那些药之后,我还是一整夜不舒服,最后不得不取消第二天的行程,她爽快地说道:

"先回去,星期六再来怎么样?我不会再申报出差费,这次就当作和生病的朋友一起来旅行了。"

那个星期六凌晨,在火车站里,仁善真的像朋友一样,不拘小节地向我挥手。在邑内住宿的地方卸下行李后,我们立刻开始爬山,到了风口,仁善在能够看到四方风景的地方设置好三脚架,拿出在家里简单包好的紫菜包饭,材料只有切好的黄瓜、胡萝卜和牛蒡,味道普通而清淡。之后经常吃到她做的菜,味道永远都是那样。

"如果是你,你会怎么做?"

吃完紫菜包饭起身之前,仁善问起这个问题,我不太理解这个问题的意思。

"如果你是那个女人的话。"

巧合的是,到那时为止一起去过的三座山上都有传说的岩石,当时我们正谈着这个话题。故事的模式几乎相同——有一个老乞丐去敲山下村落所有住户的门,请求给他一顿饭吃,但总是遭到拒绝,只有一个女人给了他一碗饭。为了表示感谢,他告诉女人隔天天亮前要爬上山去,而且不要告诉任何人。在翻越过山岭之前,绝对不能回头看。按照老人所说的,当女人到达半山腰时,海啸和暴雨吞噬了村庄,她本能地回头一看,于是就变成了石头。

那是白天突然变长的五月下旬。仁善挽起薄纱棉衬衫的袖子,坐在宽阔的石头上,反复将香烟放进嘴里,但没有点火,而是又放回烟盒里。二十几岁的时候她一直抽烟,三十岁时戒掉——当时正值干旱警报发布之际,所以对于火灾预防十分注意。

如果那时不回头看的话,就会获得自由……就那样翻越过山岭的话。

听着调皮嘟囔着的仁善声音,我想起第一个月和第二个月出差时也曾经看到的岩石。那些不管是继女、儿媳还是奴婢,在山下的现实生活中最辛苦的女人因为回头看了一眼,都变成了细长石像般的岩石。

"什么时候变成石头的?"

我没有回答,接着问道:

"一回头看就变成那样了,还是过了一段时间之后呢?"

那时停止的对话,在太阳西斜下山之前,我回到位于三楼的住处,打开窗户,呼吸外面的空气时又浮现在脑海。因为从窗外可以看到背对着夕阳站在半山腰上、像是女人的岩石的黑色轮廓。

看到自己的双脚变成石头而受到惊吓的女人形象瞬间浮现在眼前。那时再次转身继续往上爬就行了,因为只有双脚变硬。女人拖着变成石头的双脚又走了几步,但她又回头看,这次连小腿也变成石头了。她拖着沉重的双腿,爬上斜坡,翻越过山头就能活下去,只要不回头看。但她最终还是转过头去,膝盖以下都变成石头,再也没有办法了。她一直站在那里,直到淹没所有房屋和树木的大水退去为止;直到骨盆、心脏、肩膀都变成石头为止;直到睁着的眼睛也成为岩石的一部分,不再布满血丝为止。经过数千、数万次日夜交替,她淋着雨、雪。她究竟看到了什么?那里究竟有什么东西,必须这样一直回头看望?

"只是变成石头,不是死了吧?"

为装备充电、整理行李的仁善走到窗边问道。她点燃香烟,吸进烟气,然后向窗外长长吐出。

"当时也有可能没死。因为那样……嗯,就像变成石头的表皮一样。"

她的眼睛里闪烁着笑意。

"啊,这么说起来,好像真的有可能是那样。"

好像不是开玩笑,故意露出真挚表情的仁善突然说起半语[1]。

"女人一定是把表皮蜕下来之后走掉了!"

面对像孩子一样高呼万岁般举起双手的仁善,我也笑着说起半语。

"到哪里去了?"

"这个嘛,要看她的心情了。翻山越岭之后,过上新的生活,或者相反地,她跳进水里……"

在那一瞬间以后,我们彼此再也没有使用过敬语。

"水里?"

---

[1] 半语:韩语中有敬语体和半语体,通常对同辈和比自己年纪小的人使用半语。

"嗯,去潜水了。"

"为什么?"

"应该不是有人想打捞,所以才会回头看吧?"

从那个晚上开始,我和仁善变成了真正的朋友。在她回济州岛以前,她一直陪伴着我人生的每一个起点。在辞去杂志社的工作没多久,我的父母过世,独自一人在空荡荡的公寓里待着的那段时期,她经常突然给我发短信后,跑来找我。你只需要做一件事就行了,给我开门。我按照她说的打开玄关门,她用那冰冷且夹杂烟味的手臂抱住了我的肩膀。

* * *

一睁开眼睛,静寂和黑暗依然在等待着。

看不见的雪花好像飘浮在我们中间,我们未及说出的话语似乎正被密封在结晶的空间中。

* * *

燃烧的蜡烛芯尖上冒出一缕黑线般的烟,我一直看着它上升、消散、渗进空中，伸手在石屋屋檐上点着火把的军人影像似乎掠过眼前，我问仁善：

"这房子当时也被烧了吗？"

"我在想越过小溪、焚烧村落的那一夜，他们是否也来到了这里。着火了，快出来啊！穿过院子的他们会吹着哨子敲门吗？"

"那时候谁住在这间房子里？"

"他们是不是在那个推拉门上插进刺刀之后走进来？谁在里面呢？"

"这座房子是妈妈的娘家。"

仁善回答。

"外曾祖母和大儿子夫妇一起生活，他们一接到疏散令就急忙下山，寄居在海边的堂叔家，因而躲过了那一夜。有地方可以寄居，运气算是很好。"

仁善补充说道。

"当然这房子当时也着火了，后来才把只剩石墙的房子重新修复。"

* * *

原来我们坐在火势蔓延的位置上啊，我想到。

坐在梁木坍塌、余烬上蹿的位置上。

* * *

仁善一起身,她的影子就蹿到天花板上。随着她把书装进箱子、盖上盖子的动作,影子反复膨胀和下沉。

"要不要一起去房间?"

我没有回答,她好像不怀疑我一定会跟她一起去似的,自言自语道:"蜡烛怎么办?"

仁善走到流理台,一只手拿着纸杯,另一只手拿着剪刀回来。她把杯子的底部剪成十字,弄出空隙。然后把用烛油固定的蜡烛摘下来,插在那里,透过白色涂层纸发出的火光变得隐隐约约。

"一起去吧。"

我没有站起来。

"我有东西想跟你一起看。"

仁善的影子几乎是人形立牌的两倍,在天花板上的白色壁纸上晃动着、靠近着。

我之所以把椅子往后推、站起来,是因为希望那个影子能停下来。因为我不希望它像翻覆的墨水一样蔓延过来,吞噬我的影子。

我伸开双手塞进箱子的底部,把相当沉重的箱子贴在胸前。手持蜡烛的仁善走在前面,我们的身体完全没有接触到,如同肩膀连接的一对巨人般的影子在天花板和墙壁上晃动,一起往前走。

她越过推拉门的门槛走进房间,推拉门上有着装上不透明玻璃的"亚"字格子。跟着她进去之前,我回头看,只见烛光消失的客厅和厨房的黑暗就像在黑水里一样。我一脚踏进烛光阴影蔓延的房间,就像是进入遇难的船舶下层留有空气的船舱一样。我用肩膀把门关上,就像挡住涌进来的水流一样。

* * *

仁善向对面的铁制书柜走去,我跟在她后面。

每个箱子上贴着的便利贴的黑字看起来似乎在烛光的照耀下,一点儿一点儿地移动。仁善的字写得虽快,但写得很好。用力挥写笔画的同时,字形不会歪斜。我读着那些在烛光照射下发出声音、当烛光一经过就立刻安静下来的字迹,大部分都是地名与年度,此外还有看似证人的姓名、推测为出生年度的数字。

这里,我把抱着的箱子塞进仁善指着的空位。下一瞬间,我与弯腰的仁善的手臂一起画着惊险的弧线,蜡烛朝向书柜下方,我感觉到类似船在摇晃,箱子要散出来的眩晕。

"能帮我拿一下吗?"

我一接过蜡烛,仁善的腰弯得更低。就像在残骸里摸索一样,她用指尖将最下面的大、小箱子拿出来。我明白了那个重复过无数次的熟悉动作,就是在木工房的暖炉前对于我问过的问题做出的回答。她是怎样独自在这里生活的,几年当中都做了些什么。

* * *

仁善从最下层拉出一个箱子,大概在拉出一半时,她打开盖子,取出地图。将折叠三次的大缩尺地图在地板上摊开后,扶着一侧膝盖坐着说道:

"这里是妈妈上过的学校,在韩地内。"

蜡烛照着仁善食指指着的米粒大小的圆圈,我也跪着一侧膝盖坐着。不知那个地方现在是不是也还有学校,在圆圈里印刷着带有旗帜的建筑模样的符号。

"这座房子在哪儿?"

"这里。"

仁善指尖所指的位置在我想象的地方上端,在间距密集的褐色等高线中。

"妈妈以前住过的房子在这里。"

仁善指的地方几乎和最初指着的学校位置相近,用黑色签字笔画出黑点。

"妈妈说过,如果学校太远的话,她可能上不了学。"

"因为当时正是可以让儿子寄宿或上邑内的中学,但绝不会让女儿上学的年代。"

仁善用食指和中指覆盖相邻的两个黑点说道。

"村里的人指责让三个女儿受教育干什么,外婆笑着回答,世界变了。妈妈和小姨知道她们在写作业的时候,外婆尽量不会让她们干活,所以总是故意拖延时间。"

仁善剪得很短的指甲向村落上方画出一条长而平缓的曲线。

"疏散令在海岸五千米内下达,所以这条线外面的韩地内不在范围之内。突然变成堂叔家累赘的外婆家人担心得看别人的眼色,所以外婆让大姨和妈妈拿着大米和甘薯去跑腿。"

仁善的指尖到达接近大海的黑点上,看起来像是堂叔家的标示。

"因为十里路太远,所以二十岁的舅舅原本想帮她们拿,但因为年轻男人的处境太危险,外公劝他待在家里。八岁的小姨也说要一起去,自己洗脸、穿好衣服后出来,结果外婆说不行。说她连五里路都走不了,到时候一定会让姐姐们背,岂不是更惨。"

* * *

"以前我跟你说过这个事情,你还记得吗?"

仁善问我的瞬间，那个夜晚的一切都变得十分鲜明。没有人踩过的雪覆盖着车道和人行道。竖式招牌、空调室外机、旧窗框上面也完美地层层堆叠。渗到运动鞋里的雪太过冰凉，令我感到脚底出现疼痛，但同时，踩雪的感觉柔软得令人难以置信，每个脚步踏出的瞬间都感觉无法区别心情究竟是痛苦还是快乐。

那个故事中有令人沉陷的东西，也有我理解错误的地方。

似乎自己用签字笔点上的黑点是井，有什么东西映照在黑色水面一样，仁善入神地凝视着地图。

姐妹俩回到村子时，尸体不是摆在国民学校的操场上，而是在校门对面的麦田里，还被雪覆盖着。几乎每个村庄的模式都一样，在学校操场上集合，然后在附近的田地或水边射杀。

地图上黑点的突然晃动可能是我的错觉，就如同在我移开视线之后，立即就会移动的装死的昆虫一样。

她们一一擦掉尸体脸上的积雪，终于找到了父亲和母亲，应该在旁边的哥哥和老幺却不见了。虽然抱着看到军人进村后，年轻男子提前逃跑的希望——舅舅曾经是运动会接力赛选手的最后一棒——但是老幺不见了是一件奇怪的事情，所以两人变得心急起来。她们推开麦田里死去的一百多人尸体，再次查看妹妹是不是被压在下面。抱着一线希望，她们在天黑时分去了被烧毁的故居。

*　*　*

那个孩子在那里。

刚开始妈妈以为是一堆掉下来的红色布料，大姨摸着被血浸湿的上衣，找到了位于肚子上的弹孔。妈妈把血液凝固后粘在脸上的头发拨开一看，下巴的下方也有洞。子弹打碎了部分颚骨后飞走，凝固的头发可能发挥了止血的作用，一拨开，鲜血又涌了出来。

脱掉上衣的大姨用牙齿撕开了两只衣袖，给两处伤口止血。姐姐俩轮流背着没有意识的妹妹走到堂叔家。就像泡在红豆粥里一样，被血浸湿成一团的三姐妹一进家门，吓得大人们张不开口。

因为宵禁不能去医院，也不能叫医生，在漆黑的房间里待了一夜。换上堂叔家衣服的妹妹没有发出痛苦的声音，只是呼吸着。躺在旁边的妈妈咬破自己的手指，流出血来。因为她想妹妹流了很多血，所以得喝鲜血才能活下去。妈妈把自己的手指伸进不久前妹妹掉了门牙、长出一点儿新牙的地方，说是血液流入身体里更好。妈妈说一瞬间妹妹像孩子一样吸吮着她的手指，她幸福得喘不过气来。

* * *

仁善的眼珠里燃烧着火花和烟灰。她闭上了眼睛,就像压住它们一样。当她再次睁开眼睛时,那火就不再燃烧了。

随着精神渐次恍惚,妈妈说得最多的就是那天晚上的事情。

我手中蜡烛的光芒从下往上照着仁善的脸,她的鼻梁和眼皮上泛着一片漆黑的阴影。

那个时期妈妈像摔跤选手一样,力气非常大。每当说到这个事情的时候,或者说完之后都会用力握住我的手,我的手腕非常痛,几乎到了想甩开的程度。妈妈说每次手指有伤口时或者尚未完全结疤的伤口不小心碰到盐的时候就会想起在黑暗中吸吮妈妈手指的嘴巴。

* * *

妈妈一直在问自己。

那个小孩爬回家的时候在想什么?躺在断了气的爸爸、妈妈身边,然后从漆黑的麦田爬回家时,她应该想到外出跑腿的姐姐们会回来吧?是不是想到姐姐们会回来救她呢?

* * *

仁善停止说话。

因为听到了从屋外传来的声音。

那是只有屏住呼吸才能听到的微小声音。像沙子在水里被扫过一样,像有人用指尖搅乱米粒一样的声音,细微地变大然后减弱。

"在这儿待着吧。"

我并没有说一起出去,仁善似乎安静地劝阻道。

"我们不在这里也没关系。"

她接着低声细语。

"因为不是来见我们的。"

如同米粒散去,沙子被刮走的声音逐渐变大。

羽毛擦肩而过,扑腾声、哔哔低声啼叫的声音几乎同时从鸟笼、餐桌和洗碗台那边传来。鸟儿来了吗?我想。不是影子,而是振动翅膀肌肉飞翔的、在餐桌的罩灯上荡秋千的鸟儿。

我们一直没有开口,直到声音停止。如同水流消退般,声音变得模糊。音量逐渐变低,就像音乐的休止符一样,在低声细语之后停止,像是突然睡着的人一样,一切都变得平静。

5

降 落

仰望着被黑暗笼罩的玻璃窗，我觉得如身处水中的寂静。一打开窗户，黑色的水流似乎就会涌现，将一切都加以淹没。

我曾经看过无人潜水艇上安装的摄像机潜入深海拍摄的影片。从水面折射下来的暗绿色光线变淡，立刻变为漆黑。幽灵般的光点在画面的黑暗中周期性地闪烁、消失，那是远处的生命体发出的光芒。画面中偶尔会拍到发光的生物，但刹那间就失去踪影。光点闪烁的垂直区间越来越短，与其交会的黑暗区间变长。当我想到会不会从此一直呈现黑暗的时候，出现了深海水母发出的半透明光芒和如同巨大暴风雪般的景象。所有海底生物的尸体都成了软泥，沉入海底。水压导致潜艇的灯光熄灭，不知道最后场面的黑暗是因为位处深渊，还是因为信号停止输出所致。

* * *

"我不太了解妈妈。"

仁善站起来走近漆黑的书架说道。

"我曾经以为我太了解妈妈了。"

我看着她那因为连接到天花板上的影子而似乎变得更修长的背影。她踮起脚向上方的空间伸手,短袜上方露出了干瘦的脚踝。

我在想要不要站起来帮她时,仁善已经把箱子抱在胸前。

* * *

仁善把箱子放在地图前面,在打开盖子之前,她又挽起了一截袖子。究竟有什么是衣袖不能接触的呢?

她第一个拿出来的是变色的剪报。为了不让纸张散开,不知是谁用灰色棉线绑起来的,系上蝴蝶结。为了避免照片损坏,又用同样的方式捆绑,中间夹着习字纸。仁善把这些照片并排放在地图上。

仁善解开绑着剪报的蝴蝶结,看到白点印在蝴蝶结里面,似乎原本是白线。最上面的剪报空白处用蓝色原子笔写下的数字"1960.7.28"和 E 日报的字迹不属于仁善,那是用力的程度大到让纸张凹陷进去,所有竖线都写成弯曲的字体。

"糟糕。"

仁善低声呢喃自语,像是在叹息一样,因为即使是轻轻翻开,那张折叠剪报的一角也为之碎裂。仁善把资料的正面转向我,如果想加以阅读,就得跪着,而且几乎要把脸贴在纸上。蜡烛的照度低,再加上纸张的颜色变暗,只有烛光停留在正上方时,才能看得清楚照片的内容。

在趴下、低头之前我问自己,我想看这个吗?就像医院大厅里贴着的照片一样,不看那么清楚是不是会比较好呢?

* * *

我用双膝和左手撑着地面,举着蜡烛的右手和眼睛一起移动,浏览了黑白新闻照片中数百人聚集在广场上的情况。他们大都穿着亮度较高的白色衣服,也有人举着亮度相似的旗帜。我读着他们凝视的方向悬挂的横幅上用毛笔写的字——庆北地区被屠杀者联合慰灵祭。在新闻标题慰灵祭的字下,有人用刚才看到的笔迹写着读音。我读到使用同样的力量在文章底下画线的部分。

庆北地区保导联盟员一万余人

第二部　夜

大邱刑务所一千五百名在押人员

庆山、钴矿山及附近假仓谷

挖掘、处理被屠杀者的遗骸

我意识到，我的手和眼睛随着竖写排版移动的速度，与嘴里喃喃自语的速度相似。我感觉像微弱声音一样的气息从文字中吐露出来。不知是谁在新闻内容下方画线，以致纸张凹陷。我接着读到在引号内注明的遗属会议立场发表文件的部分。

本着四一九革命精神，营运被屠杀者及被害者的实情调查会。

希望被害遗属们克服陈旧的恐惧心理，积极协助本会的调查工作。

* * *

我无法理解，五十八年前 E 日报的报纸是谁剪下来并画线的呢？

"是从妈妈衣柜抽屉里找到的。"

仁善告诉抬起头的我。

"妈妈用在学校学到的字写了下来,把所有的字体倾斜呈四十五度。"

* * *

当仁善伸出手来时,我这次没有产生错觉,她在跟我要蜡烛。

我看到她接过蜡烛站起来时脸上的表情,既不是疲惫、宽容,也不是想要放弃。与数年前边把热粥盛在碗里边说话的脸有些相似。

* * *

只有大小和老旧的程度不同,在材质相似的纸箱中,仁善拿出用竹片编织得很密实的薄箱子。她回到位子上,在打开箱子之前,我又接过蜡烛。在仁善拿出用黑红的绸缎包住的扁平东西时,我用烛光照着它。

从小包里拿出来的是褪色的信件,横写着的收信人是姜正心。邮票上画着高举太极旗、呼喊万岁的男女,邮戳则是在一九五〇年五月四日由大邱邮局盖上。仁善从信封里拿出折叠两次的粗纸,并将它摊开。我接过那张在左侧上端盖有蓝紫色检阅图章的纸张,将蜡烛靠近信纸,读着竖写、从右边开始的第一句话。

给
我
的
妹
妹
正
心

是很小、空格过宽的笔迹。不知道这种习惯说明写信的人拥有什么样的性格。

他写道,我身体健康,别担心。代我向正淑、外婆以及外婆家的其他长辈问好。虽然刑期还剩六年,但是也有很多济州岛人被判十五年、十七年的有期徒刑,我的运气还算好。他还写着,我很高兴收到你的来信,希望你再回信。后面还用芝麻粒大小的字写下附加部分,说是在之前收到的信中,谈到了挂心的部分。读了你的信,我想了很多。我出狱的时候,你会是二十一岁,正淑二十五岁,我二十八岁了吧。我当然很想你们，但有什么好流泪的呢？以后的日子还长得很，我们一定能聚在一起，聊聊过去的事情，你就这样转告正淑吧。

* * *

"因为无法回到被烧毁的韩地内，堂叔家给外婆家人准备的一个房间里，妈妈和大姨妈也一起住在那里。"

仁善伸手接过信件后说道。

"在狭窄的房间里并排躺着的大人们睡着后，大姨就悄悄地对妈妈说：哥哥一定还活着。他跑得飞快，应该没被抓到。他在初中毕业之前就跟着父亲带便当去山上赶马，比任何人都清楚可以藏身的地方。他不是曾经在空的便当盒里装上野果，给正玉和你吃吗？所以他不会饿死。"

仁善按照过去折叠的线把信重新折好，继续说道。

听说去赶马的时候，因为外公和舅舅带的便当，小姨曾经哭得很厉害。她一直缠着说想吃那便当，结果被外婆骂了一顿。那天晚上舅舅回来以后，把铝制便当盒递给妈妈。因为被叫去洗碗，妈妈还很不高兴。她打开便当盒，发现底下铺满树叶，上面放着像宝石一样的各色野果。你跟正玉一起分着吃吧。舅舅不好意思地笑着说道。

在仁善暂时中断话语的时候，我想起去年秋天在木工房看

第二部　夜

到的密封容器中的野生桑葚。喝了桑葚煮好的酸茶后，舌头和门牙都被染成黑紫色。

美军侦察机像暴风雪一样撒下传单，内容是如果自首绝对不会处罚。大姨悄悄地对妈妈说："哥哥在看完传单后说不定会自首。因为他身高矮，看起来比实际年纪小，下山时一定不会被射击，而且他是兄弟姐妹中最会看脸色、脸皮最厚的，如果彻底装傻，绝对不会被怀疑。"

* * *

六年前的冬天，阳光从阅览室的百叶窗缝隙中照射进来的情景浮现在我眼前。略过济州岛以村为单位口述证言的当天，我挑了两本书坐在走廊尽头的简易桌子前。那天下午，我读到从一九四八年十一月中旬开始，三个月内，汉拿山的中麓被烧毁，三万名平民被杀害的过程。一九四九年春天，在没有找到一百多名武装队藏匿地点的情况下，焦土化作战告一段落。当时大约有两万名民间人士以家庭为单位躲藏在汉拿山，不分男女老少都认为下山到海边接受即决审判比饥饿和寒冷更危险。三月份新上任的司令官发表了搜遍汉拿山、扫荡共匪的计划，为了有效执行作战任务，先散发传单，让民间人士下山。资料照片刊载了将孩子和老人藏在身后，为了不被子弹击中，瘦削的男女手持绑着白色毛巾的树枝，排着队下山的画面。

* * *

与不会被处罚的承诺不同，数千人遭到逮捕，幸运而获释的亲戚找到堂叔家，想告诉家人很多人被关在酒精工厂后面的十几栋地瓜仓库里，还有他们和舅舅在同一个仓库待了两个月。那天晚上妈妈和姨妈高兴得睡不着觉，因为她们知道哥哥没死。

按照亲戚在字条上写的日期和时间，姐妹俩去了酒精工厂。如略图上所标示的，在仓库后面的山坡角落等待，八名青年排着队背着饮用水桶上来，其中最后面的人就是舅舅。不知是不是因为长时间的饥饿，舅舅的身体变得更矮小，头发乱蓬蓬的，总是调皮机灵的特有表情消失了，感觉很陌生。

妈妈和大姨妈从两边抱着舅舅，一位肩膀上缠着白色带子，好像是领队的年轻男子对着没有任何反应呆呆站着的舅舅说："我会睁一只眼闭一只眼，你们只能交谈到我们打水回来。"这期间可能还不到十分钟，那时妈妈说了让她后悔很久的话。

"哥哥的头发怎么那样？太奇怪了。"

初中一毕业就把头发留长的舅舅每天早上都会在镜子前用梳子分边，涂上发油。妈妈曾问他今天要去见谁，舅舅就会在妈妈的短发上抹点儿油，用敬语逗她说："您要去见谁，怎么梳头发了呢？"舅舅偶尔跟妈妈说："要考邑内临时小学教员培训所的教师资格证——就你一个人知道就行了，如果考上了，我会告诉爸爸妈妈的。"妈妈写作业的时候问汉字笔画顺序的时候，舅舅会告诉她查字典的方法："以后你如果也去了小学教员培训所的话怎么办？邑内也有几个女老师，想当老师的话还得上中学。"

但是舅舅那天完全变成另一个人，看起来对一切似乎都漠不关心。用没有感情的声音询问父母和老幺的生死，他只是看着如实回答的大姨的眼睛，就如同穿透那双眼睛的话，就能看到在大姨脸后方出现的东西一样。他把大姨带来的饭团塞进嘴里咀嚼着，看到远处出现一行人的身影，头也不回地跑过去接住自己的水桶。

隔周同一日即将到来之前，外曾祖母变卖了戒指，买了大米和做菜的材料。失去独生女后，她一直没有好好吃饭，也没有起身活动，但她竟然亲自为外孙做饭。她用一个铝制便当盒装上满满的米饭，在另外两个便当盒里放进三兄妹各吃一个的蒸鸡蛋、一条烤鱼、甘薯和洋葱，还有炒好的猪肉。

和之前不同，舅舅看起来不像是在发呆。"正淑啊，正心啊，"他叫着妹妹们的名字，指着刚刚沾水整理过的头发对妈妈说：

"现在哥哥的头发不奇怪了吧？"

妈妈说听到那句话心情变得很好。那天三个人坐在岩石上，吃了一半以上的便当，大家还一起笑了，分开之前还握了彼此的手。

又等到下一周，姐妹去了同一个地方，但是没有任何人出现。因为等了将近一个小时，附近住家的大婶隔着墙对大姨喊道："昨晚仓库里的人都被船运走了。"

大姨对妈妈说，不能只相信别人的话就离开，要不然可能会错过，要妈妈一起等到天黑。妈妈偶尔打瞌睡，闻到食物味道的某个人家养的狗走过来，妈妈摸它的头、挠它的脖子，大姨却连看都不看一眼，只看着街角。

* * *

我把眼睛闭了起来。

阳光从西向百叶窗缝中渐渐渗入，到达我脸部时逐渐变为清晰。在刚才读到的数字下，那光芒仿佛要把流淌的鲜血瞬间挥发出来一样。因为阳光过于刺眼，我正想移动位子，在那之前读到的注脚虽然是关于发生在深夜事件的证言，但记忆中却像在发光一样。

夜晚乘船出发，将近十二个小时以后到达木浦港，但直到夜幕再度降临为止，都没有让我们下船。一整天都吃喝不下任何东西，在精疲力竭的状态下下了船。记得当时下着毛毛雨，浮桥很滑。一千多人挤满了码头，数百名背着枪的警察在现场要我们排队。女人和女人、男人和男人分别集合在一起，十八岁以下的人则是另外集合，光是分组就花了很长时间。虽然是夏天，但因为整夜一直淋雨，到处都是咳嗽的人、摇晃的人、瘫坐的人。大家开始坐上好几辆护送车，警察命令把船上不知道是饿死，还是得了什么病而断气的婴儿放在湿漉漉的码头上，年轻女人在队伍后面拼命挣扎，哭喊着"不要，不能这样做"，两个警察把襁褓中的婴儿抢走以后放在地上，将女人拖到前面，推上护送车。

真奇怪，比起我遭受的那些难以言喻的拷问……比起被冤枉地判刑，我偶尔会想起那个女人的声音，以及当时排队走过的一千多人全都回头看了那个襁褓中婴儿被抢走的情景。

* * *

我睁开眼睛，看着仁善的脸。

下降着。

向着水面上折射的光线无法触及的地方，
向着重力胜过海水浮力的临界点下方。

* * *

"这信原本放在戒指盒里。"

仁善用黑红的绸缎包裹着信说道。

"信件被彻底地缝在盖子内侧，如果不是妈妈让我拿出来的话，我永远都不会知道。"

我这才明白那个绸缎看起来有些眼熟的缘故。

那是和包着戒指盒铁制盖子的绸缎一样的布，我想是不是作为保护色隐藏起来。是不是每次读信的时候，都会剪开线头，读完以后再重新缝合？

"舅舅第一次寄信到堂叔家是在一九五〇年三月。"

仁善说道。

"收到那封信以后，妈妈回信了，舅舅五月份再寄来的信就是这封。第一次寄来的信被大姨拿走了，只有这封是寄给妈妈的。"

对于在首尔生活的仁善姨妈，我隐约知道一些情况。仁善曾说过她的身高比母亲高、声音大、五官秀丽。据仁善说，一到暑假，她就会带着孙女来济州岛，住得长的话会一起度过一个多月。仁善说,因为比起第一个孙女,她更疼爱年幼的侄女,所以一到冬天就织好围巾或手套寄来。仁善上中学的时候,她因为罹病,很早就离开了人世。

"收到第一封信后,姨妈就经由媒人介绍结婚了。"

仁善眉头紧锁,眉间露出了熟悉的皱纹。

"妈妈说,在那种情况下怎么能结婚,虽然现在想来会觉得很奇怪,但因为当时西青无法无天的行为超乎想象,强奸和绑架、杀人的事件频繁发生,所以当时的风气就是只要有适合的对象,就会赶紧让女孩儿结婚。让正淑不要流泪的附注,是妈妈告诉舅舅说结婚的前一天姐姐担心哥哥一整夜的事情后,舅舅所做的回复。"

* * *

仁善将装有信的小包放在膝盖前,并将手掌放在上面,就像里面有什么东西会自己打开绸缎跑出来一样,动作非常慎重。

"隔一个月战争爆发,就再也没有收到信了。"

仁善低声说。

"但是妈妈并不担心。说是大邱刑务所位于洛东江战线下方,所以外婆家的大人们都要她别担心。"

仁善的手放下小包,抱住膝盖。

"像大部分的济州男人一样,姨父也加入海军参战。"仁善继续说道。

"直到三年后才平安归来,在三年当中,妈妈和姨妈都不曾安过心。汉拿山禁足令的解除也是在那个时候,结束漫长的寄居生活,从堂叔家搬出来的外婆家长辈们重新盖房子的时候,妈妈也一起堆石头、搬木头。但是如此努力盖好的房子,他们也还是住不满一年。停战后没有回到济州岛,而是在首尔安顿下来,分批出售美军补给品的亲戚向外舅公提议合伙。想要离开岛上的姨父也决定和姨妈一起去,妈妈则选择留在这个家里奉养外曾祖母。"

* * *

"在分手之前,姐妹俩一起去了大邱刑务所,那是在一九五四年的五月。"

仁善静谧的声音在寂静中回荡。

"在妈妈十九岁、姨妈二十三岁那年。"

* * *

"舅舅不在那里。"

"刑务所只留下四年前的七月舅舅被送往晋州的记录。因为没有直达车,所以两个人去了釜山,在火车站前的旅馆住了一夜,天一亮就去了晋州,然后坐上去刑务所的公交车。"

"舅舅不在那里,移监记录也已不存在。在晋州多住了一夜之后,两人去了丽水港。大姨固执地说送走妈妈之后,自己要去首尔。在候船室等待去济州岛的船到来的时候,大姨对妈妈说,放弃吧,哥哥死了,把被移监到晋州的日期定为他的忌日。"

* * *

仁善把手伸进放着一堆破烂纸张的箱子里,好像不需要看,只要摸索就能分辨出里面的东西一样,她很快拿出用订书机钉住的纸捆递给我。

那是一迭经过漫长岁月,像加入荧光涂层剂一样的光滑A4纸张。附有编号的手写名册复本,只写着数百人的名字上方盖有一九四九年七月的日期印章。下面备注栏上的日期则分别为一九五〇年七月九日、二十七日、二十八日。第三页上端写着一个人的名字,在那旁边用铅笔画着直线。

姜

正

勋

我看到名字下面的备注栏上并排盖着数字"1950.7.9"和"移送到晋州"的印章。奇怪的是,那一页的所有备注栏上印着的移送到晋州的印章下面都有手写的字。虽然乍看之下看不懂,但反复阅读三十多行之后,综合从印章之间出现的笔画,可以解读为"移交给军警"。

"这个是从哪里找到的?"我抬起头询问。

仁善回答:"不是我找到的。"

原本想问那是谁,我却只能闭上嘴巴。拿到这种文件复本的过程很不容易,瘦削、布满皱纹的双手从被窝里伸出来,抓住我双手的那一瞬间从我脑中掠过,"跟仁善一起好好玩吧",仁善的母亲用夹杂着怀疑、慎重和无微不至的温暖眼神看着我。

* * *

"当年在庆北地区死亡的保导联盟加入者大概有一万人。"仁善说道。

"你也知道吧？全国至少有十万人丧生。"

点头的同时，我问道："被杀死的人是不是比这个数字更多？"

对于一九四八年政府成立后，被归类为左翼人士成为教育对象加入该组织的那段历史，我也是非常了解的。家人中有一人作为听众参加政治性演讲也是加入的理由。为了补足政府下达的分配人员，里长和统长随意写上名字的人、得知提供稻米和化肥而自发地写上名字的人也不少。以家庭为单位加入，包括女性、孩子和老人的家庭也很多。一九五〇年夏天战争爆发后，按照名单进行羁押、枪杀。据估计，全韩国被秘密埋藏的人数有二十万到三十万人。

* * *

"那年夏天在大邱被羁押的保导联盟加入者被收容在大邱刑务所。"

仁善拿着一捆用习作纸包着的照片说道。

"因为没有空间容纳每天数百名用卡车送来的人，所以先从羁押人犯开始枪决。当时死去的左翼囚犯有一千五百多人，其中包括一百四十多名济州人。"

仁善解开棉线，把习作纸拿掉，照片呈现出来。

全景是骨骸散落在地上，黑白照片的品质相当低劣。

那是在庆山的钴矿山，一九四二年废矿，当时是空着的。

虽然失去焦距，但仍能认出眼睛和鼻子穿透的骸骨，其身后有三名身穿高亮度短袖衬衫的中年男子打开手电筒蹲在地上。以勉强从地面上仰拍的角度来看，头顶上方的高度似乎非常低。

大约有三千五百人在这里被枪杀，包括大邱刑务所被羁押的人、大邱保导联盟加入者、庆山警察署附近仓库收容的庆北地区加入者等。

仁善向我伸出手，接过名册复本。

"军用卡车连续几天开进矿山，有居民证实说从凌晨到晚上都听到枪声。坑道里塞满了尸体以后，将枪杀、埋葬的场所转移到附近的山谷中。"

仁善的食指放在"姜正勋"这个名字旁边画的铅笔线上继续说道：

"这里盖的印章日期是七月九日，所以舅舅应该不是在山谷，而是在矿山被枪杀的。二十八日被盖上印章的人死于山谷的概率很高，二十七日被抬走的遗骸是在两处中的哪一个地方被枪杀的则不得而知。"

＊　＊　＊

　　我看到仁善手指移开的铅笔线，虽然不像蓝色原子笔的笔压那么大，但也是用力画出的线条。一接触到指尖，就能感受到纸上的细线。画这条线的人也知道吗？我想。移送日期和枪杀地点之间的关系，是不是如同刚才仁善所做的推测？

　　＊　＊　＊

　　那是一九六〇年的夏天，死者的家属第一次聚在这里，是在战争时期的领导阶层因四一九事件下野之后。

　　仁善小心翼翼地翻过角落破碎的报纸，然后拿出折成一半的剪报。当她用双手展开时，刊登广告的下端剪下的整个社会版面进入眼帘。这与刊登慰灵祭报道的地方相同，日期比慰灵祭早一个月左右。

　　那是关于十年来遗属们首次进入坑道的报道。当时拍的照片就是这张，因为任何一家报社都不愿意刊登，所以大家约好留待来日，然后分给遗属。

　　正如仁善所说，报道中没有刊登坑道的照片。矿山入口的全景被刊登在头条新闻旁边，照片左侧刊登了采访遗属会代表的内容。

十年期间,水在坑道里流过,骨头都烂了,处于分散的状态,可以视为没有一具完整形体的遗骸。我们没有可以收拾遗骸的装备和人力,只是盲目地走下去看,拍了一张照片后就上来了。遗属会自行推测的数字超过三千人,我看到的第一水平坑道有五六百具遗骸。垂直坑道的入口用水泥堵住,要穿透坑道入口,调查下面的水平坑道才能知道当时的情况。

我实际上感觉到,在操着庆北方言口音的沉稳话语下面,正在漏出什么东西。经由烛光黏稠地流出来,像红豆粥一样凝结的、血腥的东西。

"这些报纸是怎么弄到的?"

我抬起头问道。

"庆北发行的报纸不可能送到济州岛吧。"

当仁善淡然地回答是亲自去买的时候,我才豁然明白,应该想起的人不是那位从被窝里伸出充满皱纹的手臂的老人,而是在黑白照片中看着镜头,矮小的身体充满盎然生气的女人。

她好像去参加了在大邱火车站举行的慰灵祭,拿到了那天的印刷品。

我正翻开关于火车站前慰灵祭的报道,我把蜡烛移过去再次观看照片。群众中有三分之二左右是女人,数百名女性穿着束着腰部的长孝服或长度到膝盖的白色连衣裙,站在横幅前面。

* * *

是这样的衣服吗？我看着五官模糊不清的女人侧面想道。她也曾经穿过类似这样的圆领短袖连衣裙吗？当我想站起来拿出箱子里的相框进行确认时，仁善的手从虚空中伸过来。我读着她递过来的文件袋上用深蓝色的笔写下的收件人名字：

姜正心 贵下。

我将蜡烛照在寄信人位置与大邱地址一起盖章的青紫色四角形印章上，默默读着。庆尚北道地区被屠杀者遗属会。

我把手伸进冰冷的信封里，拿出一本把十几张八开的粗纸折成两半装订的小册子。翻开没有另外写字的厚纸封面，第一页就刊登了信文。

秉持着遗属们的彻骨怨恨，让思念了十年岁月的先人安眠的日子马上就要到来。

这封信文极长而且激昂，被猜测与写下"被害遗属们克服陈旧的恐惧心理……"句子的人应该是同一人。我没有读完就翻到下一页，看到品质低劣的黑白团体照。

"这是一九六〇年冬天在钴矿山前拍的照片，那时妈妈好像没去，但因为是遗属会员，缴纳了会费，所以收到了这封邮件。"

仁善用食指指着照片中戴着眼镜的男人说道。

"这个人就是遗属会会长，第二年五月军事政变后被逮捕，后来被判处死刑，旁边的总务被判十五年徒刑。"

翻过下一页，遗属们分持的坑道照片被复制成更加低劣的画质，下方并附有说明文字。如果我没有提前看的话，几乎看不出其形状。照片只留下黑色与白色，其余色调和细部内容都已消失。该页的夹页中有一张中央晚报社会版的简信剪报。

* * *

这张报纸整体都沾有手垢，横直折叠、展开而形成的十字线被磨得花白。在"判处死刑"一词中，我读到在最复杂的文字下面写上读音的蓝色原子笔字迹，旁边的空白处写着大邱代号的电话号码。

"这个号码……和这个一样。"

伸手翻开小册子的仁善指着最后一页的下端，上面印有支付会费和捐款的农协账号、户名和大邱代号的电话号码。

* * *

我用左手包住的纸杯里透出一股虽弱但明显的热气。围绕着蜡烛的白色涂层纸像曲面的镜子一样反射光线,如果从上面看,像是亮着灯的圆形房间。我看着那明亮的房间想到。

一九六一年夏天,当时这个家里应该没有电话。为了打电话,可能得到市内去。

仁善母亲行走的路径与我昨晚推开积雪进入的路径方向相反,在纸杯内侧发光的曲面上重叠。她在我昨晚滑倒的旱川岔路口转弯,走到出现车站的大路,走在茂密的夏日树林之间。

经过两次折叠的报纸是否放在口袋里?我想着。或者是放在包里或握在黏湿的手掌中?为什么会想给实际业务负责人已经被羁押的遗属会办公室打电话呢?真的打过电话吗?如果打了,谁会接她的电话呢?

* * *

"外曾祖母去世是在一九六〇年二月。"仁善说道。

"那时妈妈二十五岁,在当时已经过了适婚年龄,大家都很担心,但是妈妈不想结婚。外婆家的亲戚跟妈妈说在出嫁之前都不用担心,可以一直住在那里,但是她用过去存下的钱买下这座房子,一直独自种田,然后从夏天开始寻找遗骸。"

仁善的话暂时中断。

"一直到读到这篇报道为止,大约一年时间。"

* * *

在寂静中我们互相看着对方。

下沉得更深。

它通过像轰鸣巨响般的水压压抑住的区域,那是一片任何生物都没有发光的黑暗。

"从那以后,妈妈就再也没有收集的资料了,三十四年期间。"

我在嘴里重复仁善的话。

"三十四年期间……直到军方下台,文人成为总统为止。"

6

海水下面

我不知不觉地把手放在那张十字线磨得斑白的报纸上，是因为想触摸那个写下电话号码的人的指纹。当我伸出手拿起那捆破烂的纸张时，仁善并没有制止。翻过一九六一年小幅报道军事审判的变色剪报，就看到了跨越三十四年时间的剪报。这是一篇横向印刷的新闻报道，头条上只留有一两个汉字词语。

"从这里开始，我也记得以后的事情了。"仁善说道。

"不知是哪一年的夏天，回来这里一看，发现寄来了中央日报和庆北日报。中央日报得花两天，地方报纸得花三天才能寄到。我虽然很惊讶，但没有问妈妈。心想应该是周围有人劝她订阅或免费寄送的吧。"

我把烛光映照在一九九五年报纸的头条新闻上，是关于庆山的市民团体在钴矿山前首次举行安魂祭的报道。

下一个剪报是一九九八年的报道。来自庆北全境的遗属们在矿山前举行了联合慰灵祭。接着一九九九年的剪报大部分都是社论。内容是即使是现在，也应该要挖掘矿山的遗骸，遗属们已经年迈，应该尽快挖掘。所有剪报的上端空白处都用黑色油性笔和铅笔写着年度和日期。虽然笔迹与一九六〇年用蓝色原子笔写的字相同，但用力的程度有所减轻，字体变大近两倍。

接着二〇〇〇年的第一个剪报是报纸的头版，刊登了聚集在矿山入口的老人的彩色照片。那是时隔四十年之后再次成立钴矿山遗属会的报道，从那时起剪报的数量急剧增加。过了二〇〇一年，看到公营电视台和庆山的市民团体、遗属会代表们就组成勘察队，进入第二水平坑道的预告，并且还刊登了当时的照片、电视播出前先行公开的纪录片节目的相片。

翻过每一张报纸时，骨头的形象就会出现在烛火的光芒中。从侧面拍摄的头盖骨、两个空荡荡的眼窝和凹陷的鼻子朝向正面的脸、大腿骨和小腿骨等。还有从泥土之间露出的肩胛骨、脊椎和骨盆松散地连接在一起，形成人形的遗骸。

我将蜡烛倾斜地照在用铅笔画着底线的参观报道上。记者写道，在与地面相连的垂直坑道入口处，勘察队引爆了炸药，密封入口五十年的水泥墙裂开后，现出大量遗骸，甚至占满了所有的坑道入口。那个入口就是处决场所，记者写道，根据推测，站立在那里的人中枪后坠入坑道。尸体填满了下面的第二水平坑道后，掉落在上面的尸体可能涌上第一水平坑道并散开。根据推测，当尸体填满与地面相连的垂直坑道入口时，军人就离开了。

* * *

我放下一大捆剪报。

因为我不想再看到骨头,再也不希望自己的指纹和收集这些东西的人的指纹重叠。

* * *

"那只是第一次的勘察而已。"

用双手撑着地板站起来的仁善说道。

"正式收拾遗骸的时间是在六年之后。"

她停住摸索漆黑书架下层的动作。

"三年期间收拾了四百具,二〇〇九年中断,现在仍然有三千具以上的遗骸留在坑道里。"

仁善拿出看起来在一千页左右的大开本后说道。

"那三年,不仅是济州岛,也是在全国屠杀遗址挖掘遗骸的时期。"

仁善把那本书放在地上,慢慢地推到我这边来,我瞥见那本书的封面,是暂时结束以全国为单位的遗骸挖掘而发行的资料集。

"……我看到跑道下骨头的照片也是在那时候。"

＊　＊　＊

　　我不想翻开资料集，也没有任何好奇的感觉。没有人能够强迫我翻阅那些资料，我也没有服从的义务。

　　但是我伸出颤抖的手打开封面，并翻阅了巨大的塑胶篮子里按照部位分类的骨头堆积如山的照片。上千根胫骨、数千个骷髅、数万个肋骨堆。数百个木头印章、皮带扣环、印有"中"字的校服纽扣、长度和粗细不同的银簪、弹珠里好像装有翅膀的照片散布在四百多页的资料内。

　　＊　＊　＊

"妈妈还是失败了。"
仁善的声音似乎从远处传来，越来越低沉。
"没找到骨头，一块也没找到。"

还要再往下走多深？我想。这寂静是我梦中的海水下方吗？

那涌到膝盖的海水下面。
被冲毁的原野的坟墓下面。

* * *

即便穿上两件毛衣和两件大衣还是让我感受到无法阻挡的寒冷,寒气似乎不是从外面,而是从心脏内部开始的。当身体颤抖、和我的手一起摇晃的火花阴影使房间的一切为之动荡的瞬间,我便知道了,当被问及是否要将这个故事拍成电影时仁善立即否认的理由。

被血浸湿的衣服和筋肉一起腐烂的气味,数十年来腐烂的骨头上的磷光将会被抹去。噩梦会从手指缝里漏出来,超过极限的暴力将被除去。就像四年前我写的书中遗漏的,军人向站在大道上的非武装市民发射的火焰喷射器一样。就如同白色油漆的水泡泼上滚沸的脸和身体后被送往急诊室的人一样。

* * *

我支起身体。

经由我手中蜡烛的照射,仁善的身影垂映在书架旁的白色墙壁上。一靠近墙壁,她的影子就消失了。我的另一只手抚过褪色的壁纸,停留在仁善的脸原本所在的位置上。那堵阴凉坚硬的墙壁,仿佛让我得知了这个奇怪夜晚的秘密。正如同有问题只能询问消失的影子,而不能问在我背后安静的仁善一样。

*　*　*

"我曾经以为世界上最懦弱的人就是妈妈。"

仁善的分叉声音划破寂静传来。

"懦弱的人。我曾经以为她虽然活着,但已经是个幽灵。"

我从刚才翻开的书起身,向漆黑的窗户走去。我双手握着蜡烛背对窗户,面对仁善站立。

"我不知道那三年期间,大邱失踪羁押人员济州遗属会定期去那个矿山访问。
我也不知道妈妈是他们的成员之一。
那三年妈妈的年纪从七十二岁增加到七十四岁,也是膝盖关节炎恶化的时期。"

每当我移动脚步,烛光的阴影就会晃动房间的一切。
我回到仁善面前坐下后,这种晃动之所以没有停止,是因为我的呼吸还在寒气中颤抖。

* * *

前年春天，我找到遗属会长的联络方式，在济州市内见了面。

在战争爆发的年代，他以遗腹子的身份出生，是一位仍旧没有放弃寻找父亲遗骸的退休教师。

那个人道歉说没有及时听到讣闻，所以没能前来吊唁。他说遗属会中最积极的成员就是妈妈，在济州岛的任何人都没有想过要去庆山的一九六〇年，她已经去过了，母亲还提出向大邱刑务所申请晋州移送者名单复本的意见。据他说，他们租用小货车一起前往抗议访问后才拿到名册，母亲一一查出了会员们寻找的家属姓名，并推测出埋葬遗骸的地点。每次在市内聚会时，妈妈说因为家很远，总是最先起身离开，但每次离开前都用双手握住会员们的手。

那个人对妈妈的最后记忆是，听到收拾遗体、遗骨的工作即将中断的消息后，大家一起进入坑道那天的事情。他说，庆山遗属会总务拿着手电筒带领一行人，因为坑道顶部低矮，地上还流淌着两条水流，大家都戴着头盔、穿着及膝的雨鞋。当弯腰通过仍然原封不动地放置着泥土中露出的骨头和腐烂衣角的区间时，因为大家都是老人，为了不摔倒，紧紧抓住彼此。当时妈妈用没有挂着拐杖的手抓住他的袖子，静静地笑了笑。

"对不起,麻烦你一下。"

那个人扶着妈妈离开坑道后,妈妈向他道谢。在临别之前,庆山遗属会总务说道:

"当时有传闻说曾经留下三名幸存者,我认为应该是一人,不是说有一个人敲了附近三家民宅的门吗?"

有关幸存者的这个传闻从总务口中说出的瞬间,大家都为之沉默。

据说当时天空没有一丝云彩,半月升起,是个明亮的夜晚。穿着血迹斑斑衣服的青年乞求给他一套衣服换穿,绝对不会跟任何人说是从哪一家拿到衣服的事情。当时由于处于担心后患无穷的年代,所以前两家拒绝了,而另一家却给了他衣服。那个青年一拿到就马上在院子里换上,快速地飞奔而去。

那个人说听到这个事情让他很揪心,为了不漏掉任何一句话,竖起耳朵仔细聆听。后来打起精神往旁边一看,妈妈正缩着身体呕吐着,一直到吐出胃液为止。

* * *

"那个青年是舅舅的可能性并非完全没有。"

仁善低声说道。

"就像现在坑道里三千具遗骸中的任何东西都有可能是舅舅的一样。"

她点了点头,似乎在寻求同意。

当然可以推测,如果那个人是舅舅的话,无论如何,以后都会回到岛上……但是能确信吗?在那样的地狱里生存下来后,还能期待他成为像我们想象的能够做出选择的人吗?

* * *

也许从那时起,妈妈的内部就开始出现分裂。

从那天晚上哥哥同时以那两个状态存在时开始。

坑道里堆积的数千具遗骸之一。

在开灯的房子前敲门的青年。承诺不会告诉任何人在这里拿到衣服的人。赶快把这衣服烧掉吧。将满是鲜血的囚衣留在院子里,消失在黑暗中的人。

* * *

我没有被说服。

我只是好奇他是如何活下来的。

是在枪决前昏迷,掉进坑道躲过子弹?是军人离开后,在尸体中睁开了眼睛,还是朝着透出月光的第一水平坑道入口爬去?

* * *

我问仁善他是怎么回来的,因为从坑道爬出来的那人眼睛和仁善的眼睛为之重叠。仁善睁着那双长得像拥有白瓷一样脸蛋儿的男人的眼睛,那双像是饱含水汽一样发出光彩的眼睛反问我:

"你是说谁?"

"……你爸爸。"

她没有受伤。

比我想象中还要坚强。

毫不犹豫,不再压低声音地回答道:

"就是因为这个,所以妈妈才去找爸爸的,为了问他是怎么活着回来的。"

* * *

两个人第一次见面是在夏天。

妈妈一年前就听说过被关押在大邱刑务所的人服完十五年刑期之后被释放的消息。虽然远远看到寄居在下村亲戚家中的父亲，但她说下定决心去找他还需要时间。

爸爸在安静的排斥中坚持着。

即便因拷问留下了手颤症，但还没到无法帮助寄居家里种植橘子的程度。在监狱里度过的最后几年，他学会了贴瓷砖技术，不收报酬地帮着做村里的活儿，慢慢地获得了认可。但在军事政权下，没有人愿意与警察一个月来做两次动态调查的前科犯人维持密切关系。

那个夏日傍晚，在路口等候着的妈妈叫他的时候，父亲之所以回头看，是因为觉得不会有人那么轻柔地叫自己。妈妈说直到听到舅舅的名字，爸爸的眼睛才有所晃动。他认出了妈妈是经常来外婆家的韩地内兄妹当中的一人。

但是爸爸不想和妈妈说话。深秋时妈妈再去找他的时候，他也郑重地拒绝。一直到隔年的早春，妈妈再去找他的时候，他才开口："我害怕别人的眼光，在市内见面吧。"

那个星期天下午在烟雾弥漫的茶馆面对面坐着的时候，妈妈三十岁，爸爸三十六岁。

那天妈妈最先知道的是父亲在一九五〇年春天被移监到釜

山。大邱高等法院不仅负责庆尚道，还负责全罗道和济州岛的上诉审理，因此收到上诉判决后，被关押在大邱刑务所的人大量累积，空间变得不足。父亲说，那年春天以长期服刑者为主进行大规模移监，纯粹是出于实务上的原因。在济州人当中，他不幸属于刑量较高的一群，这反而让自己活了下来。

但是父亲说釜山也不安全。釜山保导联盟的加入者从七月份开始蜂拥而至，在刑务所内院建设临时建筑物时，动员了被羁押的囚犯。每到休息的时间，父亲曾经从院子里的帐篷前走过，看到饿得极其瘦削、只穿着裤子的孩子，扎辫子或绾发髻的女人，大热天也不脱帽的老人们挤在一起擦汗。

据说从九月份开始，他们被卡车载走，刑务所里流传着令人心惊的传闻，说是从羁押犯人中挑选出政治犯处死。

父亲说，正如传闻的内容，济州二百五十人中，有九十多人被叫出去，剩下的济州人焦急地等待下一个顺序的时候突然停止。后来才知道联军从仁川登陆之后，战局发生了逆转。

* * *

那双不知是否会把杯子打翻的手是不是藏在口袋里？我想着，不，是不是没有藏起来，而是安静地放在桌上？

第二部　夜

* * *

爸爸告诉妈妈她真正想知道的事情是在下一次见面的时候。

从舅舅被关在大邱刑务所的夏天到父亲被移监到釜山的春天，在约八个月的服刑期间，两人是否曾在那里见过面？如果是的话，父亲还记得什么？

父亲说那个夏天新进来了三百名济州岛人是一件值得高兴的事情，因为最重要的是有机会听到家人的消息。当时父亲知道了被抓到 P 邑国民学校的细川人在沙滩上被枪杀的事实，那个传来消息的人说了舅舅的事。说他和外婆家在细川里的青年一起坐船过来，被安排在旁边的刑务所。爸爸说只听到名字就知道是谁了，虽然没有一起上过学，但记得小时候他和妹妹们一起跨过小溪来玩耍过。不知道是不是因为他们两家的女儿很多，觉得彼此的个性很吻合。爸爸说他们用石头将院子里的凤仙花碾碎，敷在妹妹们的指甲上，自己的指甲也被染上颜色。

但那就是全部了。
爸爸对坐在他面前的人再也没有可说的话了。

我曾问过妈妈几次，父亲住进这座房子是在他们第一次见面的五年之后，那期间两人是怎么过的呢？多久见一次面？什么时候变亲近的？妈妈连一次都没有回答清楚，只是说了些不着边际的话。比如说爸爸给妈妈讲的关于在酒精工厂受到的拷打。穿着没有军阶的军服，操着北韩话的男人是如何对待父亲的。每次脱下衣服、倒挂在椅子上时，他都说了些什么。

你们这些该死的赤匪，我要把你们全部弄死，消灭你们这些该死的赤色分子。

那人不停地往被毛巾覆盖的父亲脸上灌水，他用野战电话线把父亲湿漉漉的胸口绑起来，然后连接电源。每当那个人低声要父亲说出和山上勾结的人的名字时，父亲都会回答，我不知道，我没有罪，我是无罪的。

每当说完那个事情，妈妈总会不由自主地自责。

那时候我为什么要说哥哥的头发很奇怪？为什么那时只能说那样的话？

我记得，妈妈那样自责的时候就会放开我的手。因为抓得太过用力，让我发痛的握力像泡沫一样瞬间破灭。就像有人切断保险丝一样，就像忘记了正在听她说话的我是谁一样，就像即便是一瞬间也不愿碰触到人的身体一样。

第三部

火花

"能感觉到吗？"

仁善没有发出声音，只是嚅动着嘴唇问道。

"什么？"我反问。

"现在。是不是变得温暖了？一点点？"

是吗？我问自己。寒气是不是不再让我的呼吸颤抖？像是蒸馏的气体一样的东西是不是在蔓延、晃动？在漆黑的麦田里刚睁开眼睛的孩子。现在哥哥的头发不奇怪了吧？下摆收缩的夹克里，卷曲的头发像草一样冒出来的孩子。

我没有回答，而是伸手放在骨头的照片上。

放在没有眼睛和舌头的人上面。

器官和肌肉腐烂消失的人们。

不再是人的东西。

不，放在还是人的东西上面。

现在到了吗？在令人窒息的寂静中，我想着。

更深地张着嘴的海渊边缘,

是什么都不发光的海底吗?

* * *

仁善向我伸出了手,意思是要我把蜡烛递给她。

仁善拿着蜡烛走在前方,她打开推拉门,延伸到天花板上的影子像翅膀一样振动,我也扶着地板站了起来。经过打开门的内屋,看到衣柜前凝结着像水银一样的东西,隐隐发光。好像有什么被墨水浸泡的黑色东西蜷缩在上面,所以我停下脚步。但是如果没有灯光,什么都看不清楚。

仁善抬起脚后跟走向客厅,回头看我。

"有东西给你看。"

她把食指放在嘴唇上,低声说道。

"什么?"

"我们种树的土地。"

她点了点头,好像是在替我同意。

"离这里不远。"

"现在?"

"马上就能回来。"

"太暗了,"我说,"蜡烛没剩多少了。"

"应该没关系。"仁善说道,"烧完之前回来就行了。"

我犹豫着应该怎么回答,我不想去那里。

但也不想再停留在这个寂静中。

就像被安装在绣花架上的布一样,我感受到紧绷的沉默,听着自己像针一样穿透沉默的呼吸声,我走近仁善。她把蜡烛递给我,我接过蜡烛映照她的身体,她蹲下穿工作鞋。她站起来后,我把蜡烛递给她,就像一对默契十足的姐妹一样,当我穿着运动鞋时,她拿蜡烛照着我。

* * *

在走出玄关之前,我摸索着鞋柜的架子,拿出火柴盒。一摇晃,传来三四根火柴棒彼此撞击的声音。我把火柴盒放进大衣口袋里,走出院子。在黑暗中看到的只有仁善手中烛光的半径,掉落的雪花也只有在通过光晕的时候闪烁之后消失。

"庆荷呀。"

仁善叫我。

"你只要踩着我的脚印走过来。"

仁善朝我的方向伸出手臂,黑暗中的烛光逐渐靠近我。

"能看到脚印吗?"

"看得见。"我回答,然后把脚踏进仁善踩出的凹陷雪坑里。

第三部　火花

要想看见脚印，就不能错过烛光，也不能撞到仁善的身体，走路要维持两步的间隔，就像按照相同舞蹈动作移动身体的人一样，我们向前走去，用同一节拍踩雪的声音划开冰冷的寂静。

当经过埋葬阿麻和阿米的树木时，垂下的白色衣袖般的树枝进入烛光的半径内，变得清晰起来。仁善没有把目光投向树木，而是继续前进。她似乎相信自己埋葬的鸟已经不在这里，脚步漫不经心。

一直走到院子尽头的围墙时，仁善才停住脚步。跟上她的我接过蜡烛，仁善用双手扶着墙，依次抬起腿，翻到对面。在把蜡烛交给她后，我也越过围墙。当我的脚翻过墙外之后，仁善又走在前面。

* * *

虽然只踩着仁善的脚印，但运动鞋和裤子下摆却无法避免被浸湿。我伸开双臂保持平衡，集中精力保持两步的距离，继续前进。每当睫毛上落了雪花时，我都会用手背擦拭。我很想知道仁善是否也能感受到这种寒意，这雪是否也会被她的脸颊融化。如果她是灵魂的话，究竟要带我去哪里？

我们走进树林，但因为积雪和黑暗，无法辨识树种。不知是否因为山路弯曲，仁善的脚步划了一个平缓的弧线，而烛光上下摇晃，在虚空中划上红线。就像无法解读的手势一样，就像飞得无限缓慢的箭矢一般。

仁善的速度越来越慢，配合她的速度，我也更加缓慢地前进。没有一点风，雪花掠过脸颊的感觉柔软得令人难以置信，只有纸杯里的烛火在距离两步的前方如同脉搏一般不停息地晃动，悄无声息。

"还很远吗？"

"快到了。"

仁善没有回头，她回答道。

我仰望被积雪覆盖的树木上方。我看不见树梢，每当烛光掠过伸展到眼睛高度的树枝时，如同盐粒一样的雪花就会闪闪发光。

"仁善啊！"

我打破一起迈出脚步的节奏，停下脚步，刚在雪中踏出下一步的仁善背影如步履的宽度，渐行渐远。

"仁善，等一下。"

仁善回头看我，她的脸在烛光下隐隐闪耀，拿着纸杯的双手被烛光染红。

"蜡烛还剩多少？"

"应该还够用。"

我看到纸杯底部十字孔里透出来的蜡烛只剩下一根手指长

了，就算从现在开始往回走，到家之前也会烧光的。

"过了这片树林就是旱川。"仁善好像在安慰我似的说道。

"这不可能。我记得的方向和这条路不同，但也许是我失去了方向感，也许旱川是环绕树林流淌的地形。"

"回去吧，"我说，"下次再来吧，雪停了以后再来。"

仁善固执地摇着头说道：

"……可能没有下次了。"

* * *

我再也不去想蜡烛烧了多少。

也不想知道这里离仁善的家有多远。

当我觉得不希望停下脚步、永远不回去也没关系的时候，仁善回头说道：

"快到了。"

蜡烛的光线中没有出现任何树木的踪影。

完全的黑暗笼罩着光线的半径，我们从树林中走了出来。

仁善转了方向，我在后面跟着她，她好像沿着旱川的岸边往上游走。一些可能是草丛或灌木、像是被雪覆盖而蜷缩的小袋子一样的东西进入烛光圆圈的右侧，然后迅即消失。

为什么不直接越过小溪呢？难道是在寻找岸边不陡的地

方,还是在寻找不会因滑倒掉进雪中的平缓倾斜面?仁善前进的速度越来越快,因为一次步伐的不协调,脚步间的距离扩大,光线没有照射到我的脚,未能被仁善的脚步开路的所有地方都被深厚、冰冷的积雪所覆盖。在踏越积雪前进的期间,仁善的背影不知何时被黑暗吞噬,看起来仿佛是微小灵魂般的光芒飘向远方虚幻的空中。

烛光停留在虚空中,在某一个位置上飘荡。现在要越过去了吗?当我把深埋在雪里的腿抽出来,再次用力迈出步伐时,烛光开始移动了。没有远离,像漂在水里的蜡烛一样,慢慢地向我流回来。

* * *

"看这个。"

仁善伸出的手掌上放着像是坚硬的小果实一样的东西。

"不觉得像蛋吗?"

它圆润的表面印着一个像是血液的红点。

它像血滴一样逐渐变大,然后像会孵出什么鸟一样裂开。

所以不是果实。像珠子一样坚实结成的米色花瓣上沾着白糖一样的雪粉,在烛光的照射下,一个个粒子都在发光。

因为是小树,所以把上面的积雪拂拭掉,但花蕾已经折断。

因为沮丧而紧闭嘴唇的仁善侧面就像孩子一样,我觉得。同时,被雪覆盖的头发看起来完全像是白发。我看见她另一只半捂的手掌上拿着纸杯,蜡烛已经短到必须将全部的烛身推进杯子里的程度。

"你说得对,"抓着花蕾的仁善低声呢喃,"蜡烛马上就要烧光了。"

当仁善随后喃喃自语说现在该回去了的时候,我问了自己。想回去吗?还有能够回去的地方吗?像是绸缎滑落一样,仁善就在那时跌坐在雪地里。

"等一下就回去吧!"

她抬头看着我说。

"回去以后我煮粥给你吃。"

* * *

雪的密度究竟有多低,我一坐下,积雪便一直下陷,雪隔墙般把我和仁善分开。我只能看到她胸前的蜡烛和她的脸部,下身被雪墙挡住,无法看见。

仍然没有刮风,零星的雪花降得十分缓慢,看起来像蕾丝窗帘上的巨大图案一样,在虚空中相互连接。

我偶尔和妈妈来这个岸边。

我望着仁善的视线投注的地方，只有墨水海洋一般的黑暗，无法区分旱川是延伸到哪里，对岸又是从哪里开始。

次日暴风过后，第一次来这里，因为妈妈说想去看水。当时我大概是十岁吧，爸爸去世没多久的时候。

仁善的脸朝向我，堆积到肩膀下面的雪像反射银盘一样反射烛光，光线看起来像是从她苍白的脸颊内侧透出。

我记得有一棵树被拔起，露出了巨大的树根。树木本身不太大，但根部看起来是树梢的三倍。我出神地看着那棵树木，妈妈不知道我停下脚步，还一直往前走。虽然天气放晴，但那天风还是很大。从湿土里涌出的气味，树枝枝节上落下的花味，整夜水流溢出、向一个方向倾斜的草味混杂在一起，让我鼻子有些发酸。洼地的雨水反射阳光，让人觉得眼睛发麻。妈妈就像用剪刀刃划开巨大的白坯布一样，用身体破风前行。罩衫和宽松的裤子鼓鼓的，当时在我眼里，妈妈的身体看起来像巨人一样大。

所有的声音都被空中的雪花吞噬了，听不见她的呼吸声，我吐出的呼吸声也被雪的粒子所吞噬。

我们停在这里，妈妈看了看那边。漫到岸边下方的水流淌着，并发出瀑布般的声音。我记得当时心想，那样静静地待着难道就是看水吗？然后我追上了妈妈，看到妈妈蹲下，我也跟着蹲下。听到我的动静，妈妈回过头来，静静地笑着。她用手掌抚摸我的脸颊，然后是后脑勺儿、肩膀、背部。我记得那令人心潮澎湃的母爱渗入皮肤之中，刻骨铭心……那个时候才知道，爱是多么可怕的痛苦。

* * *

回到济州岛后，偶尔会想起那天。

状态急剧恶化的妈妈从每天晚上像孩子一样爬过门槛时开始，想起的次数更加频繁。

妈妈在我睡觉的时候，把手指伸进我的嘴里，抚摸我的脸，像孩子一样哭泣。我无法把那又咸又黏的手指硬拽出来，只好忍着。妈妈力气大得像摔跤选手一样，抱着我的时候经常让我无法呼吸，因为没有其他方法，我也只好抱着她。

在除了我们以外没有别人的黑暗中，随着那压碎的拥抱持续，妈妈和我的身体渐渐变得无法区别。我们薄薄的皮肤，那下面的一团筋肉，微温的体温混淆在一起，变成了一团。

妈妈不只认为我是即将死去的妹妹，她相信我是姐姐的时候更多，有时候还以为我是陌生人，是来救她的人。妈妈用可怕的力量抓住我的手腕说，救我。太阳下山后，妈妈陷入更深的混乱中，她想走出门外。不管外面有多冷，穿的衣服有多薄,她都不在乎。我越拦住妈妈,越是和流得满身大汗的她成为一体,每当和她一起摔跤时,我都会觉得自己不只是在面对一个人。一个几乎失去肌肉的老人怎么会有那么大的力气?摔跤后好不容易让她躺下来,我躺在旁边合上眼睛,但那时精神恢复正常的妈妈总是在我快要入睡的瞬间摇醒我,因为她怕在我睡着时她会再次陷入混乱。"求求你,让我持续睡个三十分钟吧!"但妈妈不听:"帮帮我,别睡着,仁善啊,帮帮我吧。"

就像煮沸烧焦的粥一样,我和妈妈一起沸腾、流淌。"帮帮我,救我。"妈妈低声呢喃,把手伸向我睡着的脸上,摸到我那像落水的人一样湿润的脸颊,我总会背对妈妈想道,我要怎么救你?

其实我很想死,有一段时间我真的只是在想着怎么样才能赶快死去。在疗养看护人员每天来四个小时的期间,我才能到镇上买菜,在卡车里连着睡两个小时,如此才能坚持下去。但是马上就到了只有两个人在一起的时间,在争执过后换上尿布,虽然妈妈体重比较轻,但抬起她的膝盖,帮她拍打痱子粉手腕也会酸痛。我躺在抓着我的手熟睡的妈妈身边想着,时间永远不会流逝,谁也不会来救我们。

妈妈精神极度清晰的瞬间像闪光一样降临,如锐利刀子般的记忆袭击妈妈的瞬间。每当那个时候,妈妈总会不间断地说着。就像被手术刀切开身体的人一样,就像血淋淋的记忆不断涌出一样。在那个闪光消失过后,妈妈就会更加混乱。她曾经拉着我爬到饭桌下躲起来,在妈妈当时脑海中的地形图上,内屋是小时候生活过的韩地内的家,我的房间是外婆家,往厨房爬去的路好像是树林。在饭桌下抱着我的妈妈正确地喊出我的名字,让我吓了一跳。为了想保护那个时候还没出生的我,妈妈的下巴为之颤抖。

我目睹了脑海中数千个保险丝一起溅起火花的电流流通,却又一个个断开的过程。不知从何时起,妈妈就不再把我当成妹妹或姐姐了,也不相信我是来救她的大人,也不再要求我的帮助。她渐渐不再跟我说话,偶尔说的话,字词都像海岛一样分散开。从不回答"嗯""不"的时候开始,连希望和请求也消失了,但是接过我剥好的橘子后,她还是按照毕生养成的习惯分成两半,把大的一半递给我,然后静静地笑了笑。我记得那时候我的心脏好像要裂开,还想过如果我生养了孩子,会不会也产生这种感情?

从那时起妈妈经常睡觉,就像过去让我不能睡觉的痛苦根本不曾发生似的,她一天的三分之二,后来一天的四分之三以上,在安宁病房度过的最后一个月几乎一整天都在睡觉。就像是涨潮的时间过于漫长的怪异大海,也像是在沙滩完全淹没后,大海不再退潮一样。

很奇怪吧?我以为妈妈消失的话,我会再次回到我的人生,但回去的桥断了,再也不存在了。妈妈再也不会爬进我的房间,但是我睡不着觉。没有必要再以死解脱了,但我没有放弃死亡。

某天凌晨,我来到了这里。

因为突然想起对你的承诺,为了想好好看看曾经说过的可以种树的土地。

那天雾很浓,十年间长得更高的竹林看起来虽然茂密,但天色一亮、开始刮起风以后,昏暗的整体面貌就显露出来。从那里开始寻找爸爸的老家遗址并不难,因为没有围着篱笆,代之以种植山茶树,而且院子中间堆砌着低矮墓墙的遗址只有一处。被野草覆盖的基石后面展开的田野里长着一棵箬竹,还被笼罩在残留的雾里,看起来好像在无限地蔓延。

那是开始。

从第二天起,我开始寻找关于细川里的资料。从留下证词的老妇人居住的海边房子回来后,我读了一篇论文,内容是推测在济州岛水葬的数千具尸体可能随着洋流漂到对马岛。在母亲的衣柜抽屉里发现有关舅舅的资料,是我正在茫然思考下一步该去对马岛,还是如何找到七十年前被卷回岸边或途中沉没的遗骸的时候。

就像转动沉重的船舵一样,我在那个时候改变了方向。我找到的东西填满了妈妈收集的资料空白处,就这样度过每一天。我推测一九六〇年当时,妈妈往返于这间房子、大邱和庆山之间所乘坐的船、公交车和火车的路程,并计算了时间,我感觉自己正在慢慢疯掉。

白天我在木工房里切削木头,晚上回到内屋阅读口述证言资料,每份资料都是对照不同死者的数据确定的。我在解除五十年封印后可以接触的美军记录、当时媒体的报道、一九四八年和一九四九年未经审判即被囚禁的济州服刑人员名单以及屠杀保导联盟之间,复原了各种事件。从资料越来越多、轮廓逐渐变得清晰的某个时刻开始,我感觉到自己开始扭曲。人无论对他人做出什么样的事情,我都不会再感到惊讶……好像有什么东西已经从心脏深处脱落,浸湿凹陷的位置后流出的血液不再发红、不再奋力地喷出,在破烂不堪的截断面,只有心死才能停止的疼痛闪烁着……

我知道那是妈妈去过的地方。因为从噩梦中醒来,洗脸、照镜子的时候,我会看到执着地刻印在脸上的某种东西也从我的脸上渗出。令我无法置信的是每天都会有阳光回返,如果在梦的残影中走向树林,美丽得近乎残酷的光芒穿过树叶中间,形成数千、数万个光点。骨头的形象在那些圆圈上晃动。在那光线中,我看到身材矮小的人屈膝蜷缩在飞机跑道下的坑里,不仅那个人,我还看到躺在旁边的所有人交错着筋肉和面孔的幻影。身上的衣服不是黑白,而是浸染了鲜血,在坑里,那刚刚还活生生的柔软肩膀、手臂和腿部上。

我再也弄不清自己的人生本质究竟是什么了,直到费了很长时间才勉强记得。每当那时我都会问自己,我正漂向何方、我究竟是谁。

那个冬天有三万人在这个岛上被杀害,第二年夏天在陆地上有二十万人被屠杀,这并非偶然的连续。美国军政府命令即使杀死居住在济州岛上的三十万人,也要阻止这个岛屿赤化。而装填实现此目标的意志和仇恨的北朝鲜的极右青年团成员们在结束两周的训练后,身穿警察制服和军装进入济州岛内。海岸被封锁,媒体被控制,把枪对准婴儿头部的疯狂行为不但被允许,甚至还被奖励,死去的未满十岁的儿童有一千五百名之多。在鲜血未干之前爆发了战争,按照之前在济州岛上所做的,从所有城市和村庄中筛选出来的二十万人被卡车运走、囚禁、枪杀、掩埋,谁也不允许收拾遗骸。因为战争并没有结束,只是停战而已。因为停战线的另一端敌人依然存在。因为被贴上标签的遗属、在开口的那一瞬间就会被贴上和敌人是同一阵容的其他人都保持沉默。从山谷、矿山和跑道下到发掘出一大堆弹珠和穿孔的小头盖骨为止,都已经过了数十年,但骨头和骨头仍然混杂在一起埋在地下。

那些孩子。

为了必须全部灭绝而杀掉的孩子们。

那天晚上我想着那些孩子，从家里走出来。当时正是台风不可能来袭的十月，狂风穿过树林。云朵狂窜，月亮似乎被吞下后又被吐出，繁星如倾泻般璀璨，所有树木像要被拔起一样挣扎。树枝像火炬一般起身飞舞，像气球一样在我夹克里膨胀的风几乎要将我的身体刮起来。我用力踩着地面，跨出每一步，在穿越狂风前进的瞬间我突然想到，他们来了。

可是我不害怕，不，我甚至觉得幸福到让我喘不过气来。在不知是痛苦还是恍惚的奇怪激情中，我划过那寒风，划过与风合而为一的人群行走。就像数千根透明的针插满全身一样，我感受到生命随着那些针头如同输血一样流入我的身体。我看起来像疯子，或者实际上真的疯了。我在心脏快要裂开的激烈而奇异的喜悦中想到，和你约好要做的事终于可以开始了。

※ ※ ※

我在雪中等待着。

等待仁善说出下一句话。

不，希望她不要再继续了。

* * *

往背后伸展的树林沉浸在静寂中，从几米之外传来树枝折断的声音。

仁善用双手握住蜡烛，躺在雪地上，含混地喃喃自语。

好像进到棉花堆里了。

烛光被包在雪墙内，四周变得更加阴暗。落在我眼前的雪花看起来几乎是暗灰色的，闪闪发光的只有落在仁善躺着的地方的雪花。我掏出粗呢大衣里的帽子，也躺在雪中。当我转向仁善发出声音的方向时，从厚重的雪墙渗出的光线阴沉沉地照亮我的脸。

* * *

好奇怪，庆荷啊。

我每天都在想你，你真的来了。

因为太想你了，有时候觉得好像真的看到你。

就像仔细看着漆黑的鱼缸一样。

把脸贴在玻璃上，耐心观看的话，好像有什么东西在里面晃动一样。

第三部　火花

* * *

有什么东西正在看我们呢？我想着。是谁在听着我们的对话呢？

不，只有沉默的树木。
只有想在这个岸边把我们密封起来的积雪。

* * *

我终于理解了，理解第一次来这里的时候，妈妈跟我说的事情。

那天妈妈说，离开岛上的十五年里，父亲一直注视着那对岸。
他说有些日子的夜晚月亮升起，被光芒照射的山茶叶闪闪发光。他说有些日子的凌晨，一群野鹿和野猫轮流走在村里的路上；下暴雨时，过去未曾有过的水路就会涌流到溪边。他说他目睹被烧毁了一半的竹林和山茶树再次变得郁郁葱葱。他说在整夜点亮就寝灯的牢房里看着这些情景，然后闭上眼睛的话，直到刚才为止，树木存在的每个地方都会飘浮着像豆子一样的小小火花。

当然，我觉得那是一个令人难以置信的故事。

不知道妈妈多么认真地思考连十岁的孩子都会怀疑的事情。是什么时候从父亲那里听到的？究竟是否曾在此岸一起眺望过彼岸？

* * *

正是在那时候，穿着罩衫和宽松裤子，如同翅膀一样鼓起的女人背影浮现在我眼前。用力按压原子笔尖，所有文字的尾部都勾起来的女人。放弃吧，把被移监的日期定为他的忌日吧，一个人登上回返济州岛的船，反复咀嚼刚才听到的话的女人。终于来到数万块骨头面前的女人。低着头，弯着原本就已弯曲的背部进入黑暗的女人。

* * *

现在我不认为那是奇怪的事情了，仁善说道。

那个父亲在刑务所待了十五年，也在对岸待了十五年的事情。

我在桌子下弯着膝盖的同时，也在跑道下面的坑里。

第三部 火花

一直想着你做的梦时,那如同鱼鳍在漆黑的鱼缸里晃动的影子。

* * *

真的有谁一起在这个地方吗?我想着。就好像同时存在于两个地方,在想要观测的瞬间,就固定在一个地方的光线一样。

我在下一瞬间想到,那是你吗?你现在连接着身体监测器的电线吗?就像观看黑暗的鱼缸一样,在你想要重生的病床上。

* * *

不,也许相反也未可知。也许是死掉或正在死去的我顽固地观察这个地方。在那旱川下游的黑暗中。在埋葬阿麻之后回来,躺在你冰冷的房间里。

但是,死亡怎么会如此生动?
落到脸颊上的雪会这么冰冷地浸透到皮肤里吗?

* * *

"……不能在这里睡着。"

仁善低声细语。

我闭一会儿眼睛,真的就是一会儿。

她把纸杯放在手掌上,我伸开手臂接过。蜡烛虽然剩不到半个手指头,但整个纸杯都很温暖。究竟是因为火花的热气,抑或是仁善的体温,我无法区分。

我把纸杯握在眼前,朝仁善那边斜躺着。从烛芯上不断涌出的火花光芒浸透,每个飘落的雪花中心似乎都凝结着火苗,触碰火花边缘的雪花就像触电一样颤抖而融化。接着掉下来的大片雪花碰到烛火微蓝的芯部那一瞬间,火花为之消失。被蜡油浸泡的芯部冒烟,闪烁的火星熄灭。

"没关系,我还有火柴。"

我对着仁善那边的黑暗说道。我撑起上身,掏出了口袋里的火柴盒。我用指尖摸索粗糙的摩擦面,火柴一摩擦那里,火苗和火花一起被点燃。一股硫黄燃烧的气味传来,我虽拿出浸在蜡油中的烛芯,点燃火花,但很快就熄灭了。我摇晃燃烧到大拇指指甲的火柴后,黑暗再次抹去一切。我听不见仁善的呼吸声。在雪堆的另一端,感觉不到任何动静。

现在还不要消失。

我想着，如果火被点燃，我会抓住你的手。我会拨开雪，爬过去，擦去你脸上的积雪。我会用牙齿咬破手指，让你吸吮我的鲜血。

但是如果抓不到你的手，你现在就会在你的病床上睁开眼睛。

在那个反复在伤口扎针的地方。在那个血液和电流一起流淌的地方。

吸了一口气后，我划下火柴。没有点着。再摩擦了一次，火柴断了。我摸到折断的地方重新划了一下，火花涌现。像心脏一样，像颤动的花蕾一样，像世界上最小的鸟鼓动着翅膀一样。

作者的话

我在二〇一四年六月写了这本书的前两页,二〇一八年年底才开始继续写下去,这部小说和我的人生捆绑在一起的时间不知道应该说是七年还是三年。

感谢梁恩锡、林惠松、林兴顺、金敏京、李正华、金振松、裴耀燮、郑大勋、赵正熙为这部小说的撰写提供珍贵的帮助。感谢长久以来一直等待的李相述编辑,感谢一直努力到最后的金乃利编辑,感谢所有用心鼓励我的人。

我记得几年前有人问我"下次要写什么"的时候,我回答说希望是一部关于爱情的小说。我现在的心情也是一样的,希望这是一部极度关于爱情的小说。

我用全心献上感谢。

二〇二一年初秋
韩 江